TOKIMEKI YUME BUNKO
バレエ恋《こい》物語《ものがたり》
[文]水野久美
[マンガ・絵]
YOUKO／
れん／たはらひとえ
トキメキ夢文庫

物語《ものがたり》の見《み》どころ

ドン・キホーテ P7～96

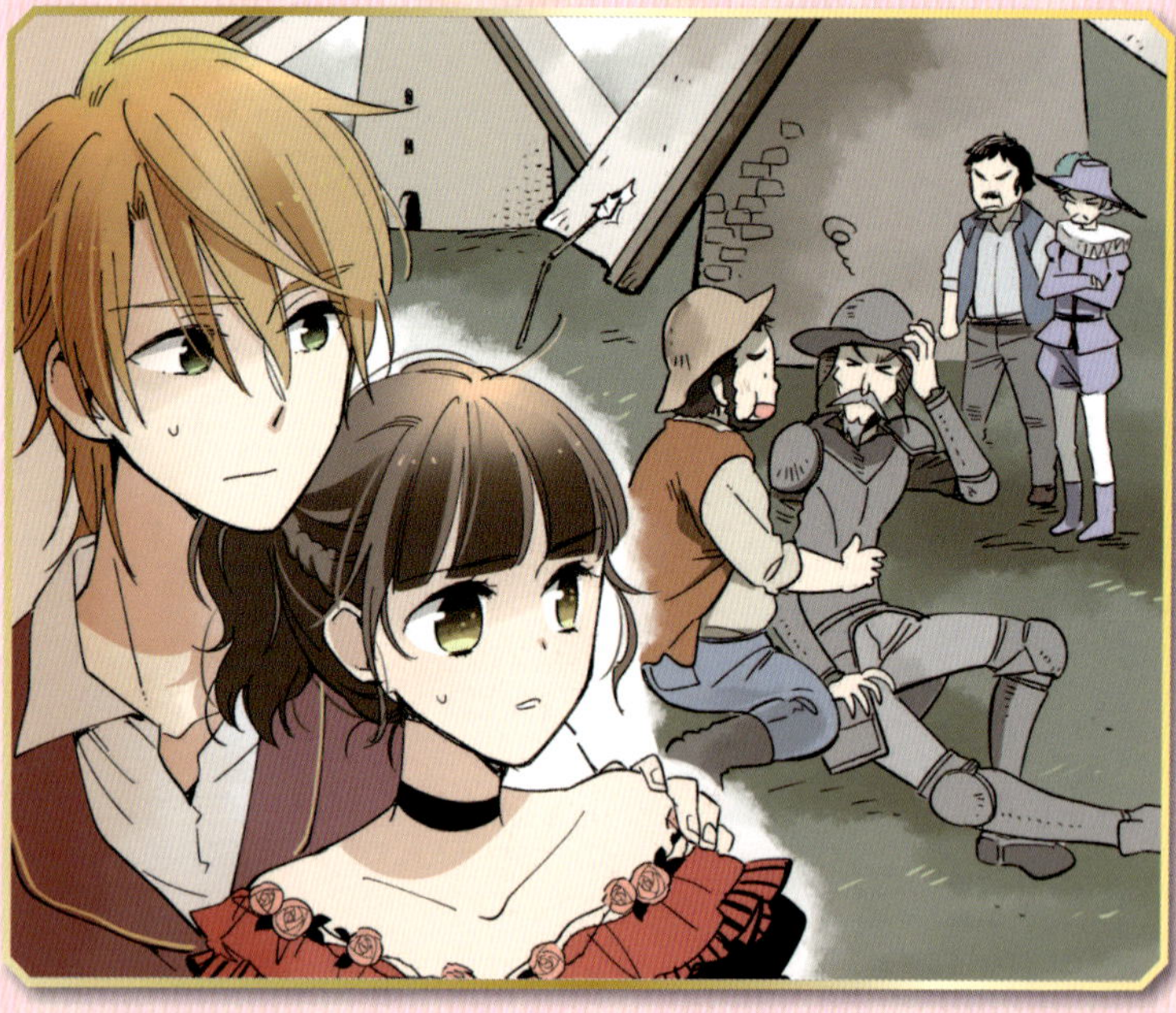

にげる恋人《こいびと》たち
(第《だい》2章《しょう》)

結婚《けっこん》を反対《はんたい》され、バルセロナの町《まち》をにげ出《だ》したキトリと、恋人《こいびと》のバジル。キトリの父親《ちちおや》のロレンツォと、ロレンツォが決《き》めたキトリの婚約者《こんやくしゃ》ガマーシュ、旅《たび》のと中《ちゅう》で立《た》ち寄《よ》ったドン・キホーテとサンチョ・パンサもなぜか追《お》っ手《て》に加《くわ》わり、キトリたちは少《すこ》しづつ追《お》いつめられていきます……。

ジゼル

P97～160

愛《あい》の試練《しれん》
（第《だい》3章《しょう》）

恋人《こいびと》のロイスに裏切《うらぎ》られ、森《もり》の精霊《せいれい》ウィリになってしまったジゼル。ウィリたちは森《もり》に来《き》た男《おとこ》たちを、死《し》ぬまで踊《おど》らせようとします。恋人《こいびと》だったロイスが森《もり》に現《あらわ》れたとき、ウィリの女王《じょおう》ミルタはジゼルに残《ざん》こくな命令《めいれい》をくだして……。

コッペリア

P161～222

動《うご》き出《だ》した少女《しょうじょ》
（第《だい》2章《しょう》）

へんくつな老人《ろうじん》の家《いえ》のバルコニーで目《もく》げきされた、美《うつく》しい少女《しょうじょ》。スワニルダは、婚約者《こんやくしゃ》のフランツがその少女《しょうじょ》にひかれていることを知《し》り、老人《ろうじん》の家《いえ》にしのびこみます。そこで明《あき》らかになる少女《しょうじょ》の秘密《ひみつ》とは……!?

バレエの名作《めいさく》

華麗《かれい》なるワンシーン

実際《じっさい》のバレエの舞台《ぶたい》を、少《すこ》しだけご紹介《しょうかい》します！

新国立劇場《しんこくりつげきじょう》バレエ団《だん》『ドン・キホーテ』
撮影《さつえい》：瀬戸秀美《せとひでみ》

ドン・キホーテ

新国立劇場《しんこくりつげきじょう》バレエ団《だん》　２０１６年公演《ねんこうえん》「ドン・キホーテ」より、
キトリとバジルがバルセロナの広場《ひろば》で踊《おど》るシーン。

ジゼル

イングリッシュ・ナショナル・バレエ団《だん》　2007年公演《ねんこうえん》「ジゼル」より、森《もり》の精霊《せいれい》ウィリたちの舞《ま》うシーン。

コッペリア

イングリッシュ・ナショナル・バレエ団《だん》　2014年公演《ねんこうえん》「コッペリア」より、スワニルダがコッペリアになりきるシーン。

はなやかなバレエの衣装《いしょう》

バレエの舞台《ぶたい》をはなやかにいろどる踊《おど》り手《て》たちの衣装《いしょう》について紹介《しょうかい》します。

◀ティアラ

王女《おうじょ》や姫《ひめ》の象《しょう》ちょう。スワロフスキーやビーズでできています。

▼ロマンティック・チュチュ

ふくらはぎやくるぶしまである長《なが》めのスカートが特《とく》ちょうです。

▲クラシック・チュチュ

円形《えんけい》に張《は》り出《だ》したたけの短《みじか》いスカートが特《とく》ちょう。スカートは何枚《なんまい》もの軽《かる》い生地《きじ》が重《かさ》なり合《あ》っています。

◀男性《だんせい》はタイツにバレエシューズ

男性《だんせい》は厚手《あつで》のタイツに上着《うわぎ》、トウシューズではなくバレエシューズをはいて踊《おど》ります。

トウシューズ▶

トウとはつま先《さき》のこと。つま先立《さきだ》ちで踊《おど》るためにつま先《さき》が強《つよ》くつくられています。

写真／中島希沙、加藤恵梨、森川礼央
提供／テス大阪 岡村昌夫

ドン・キホーテ

もくじ

ドン・キホーテ

ラ・マンチャ村《むら》に住《す》む初老《しょろう》の男《おとこ》。下《か》級《きゅう》貴族《きぞく》で、騎士《きし》にあこがれている。

森《もり》の女王《じょおう》

ドン・キホーテの夢《ゆめ》に現《あらわ》れた妖精《ようせい》。

ペドロ親方《おやかた》

人形劇一座《にんぎょうげきいちざ》の座長《ざちょう》。

サンチョ・パンサ

ドン・キホーテの家《いえ》のとなりに住《す》む農夫《のうふ》。気《き》はいいがやかましや。

登《とう》場《じょう》人《じん》物《ぶつ》紹《しょう》介《かい》

物語《ものがたり》の中心《ちゅうしん》となるキャラクターを紹介《しょうかい》します。

バジル

キトリの恋人《こいびと》。床《とこ》屋《や》の息子《むすこ》。陽気《ようき》な町《まち》の人気者《にんきもの》。

ロレンツォ

キトリの父親《ちちおや》。宿屋《やどや》の店主《てんしゅ》。

ガマーシュ

貴族《きぞく》。キトリを妻《つま》にしたがっている。

エスパーダ

闘牛士《とうぎゅうし》たちのリーダー。

メルセデス

エスパーダの恋《こい》人《びと》。ジプシー。

キトリ

バルセロナの宿《やど》屋《や》の活発《かっぱつ》な一人《ひとり》むすめ。町一番《まちいちばん》の踊《おど》り手《て》と評判《ひょうばん》。

プロローグ

いざ、ぼうけんの旅《たび》へ！

今《いま》から、ずいぶんと昔《むかし》のこと。スペインのとある村《むら》に、老《お》いた男《おとこ》が住《す》んでいた。名前《なまえ》はケハーナ。年《とし》のころは五十歳《ごじっさい》。マッチ棒《ぼう》のようにひょろりとした細長《ほそなが》い体《からだ》に、こけたほお、立派《りっぱ》なひげのせいか、実際《じっさい》の年《ねん》れいよりも少《すこ》し老《ふ》けて見《み》えた。

ケハーナは、土地《とち》をたくさん持《も》っていた。けれども最近《さいきん》はといえば、うす暗《ぐら》い書《しょ》さいに閉《と》じこもって読書《どくしょ》ばかり。畑仕事《はたけしごと》の指図《さしず》はおろか、狩《か》りに出《で》かけることも、ねることも忘《わす》れるほど、物語《ものがたり》に夢中《むちゅう》になっていた。

彼《かれ》が好《この》んで読《よ》んだのは、騎士物語《きしものがたり》だった。騎士物語《きしものがたり》とは、よろいかぶとを身《み》に着《つ》けた正義《せいぎ》の騎士《きし》が、馬《うま》にまたがって旅《たび》をしながらあくまやかい物《ぶつ》と戦《たたか》う、ぼうけんの物語《ものがたり》だ。

「弱《よわ》き者《もの》を助《たす》け、悪《あ》しき者《もの》に立《た》ち向《む》かう。愛《あい》と正義《せいぎ》に生《い》きる騎士《きし》の、なんとすばらしいことか!」

ケハーナは、物語《ものがたり》に夢中《むちゅう》になり過《す》ぎるあまり、現実《げんじつ》と物語《ものがたり》の区別《くべつ》がつかなくなってしまった。

「そうだ。わたしも、胸《むね》のすくようなぼうけんの旅《たび》へ出《で》かけるのだ。」

早速《さっそく》ケハーナは、屋根裏部屋《やねうらべや》のすみに追《お》いやられていた古《ふる》いよろいかぶとと、背《せ》たけより長《なが》い槍《やり》を引《ひ》っぱり出《だ》してきた。しかし、何代《なんだい》も前《まえ》の先祖《せんぞ》から引《ひ》きつがれてきたため、さびやほこりだらけ。彼《かれ》はそれらを、ていねいにていねいにみがいた。

次《つぎ》にケハーナは、自分《じぶん》の名前《なまえ》について、一週間《いっしゅうかん》かけて考《かんが》えぬいた。

「もっと、勇《ゆう》かんな騎士《きし》らしい名前《なまえ》が必要《ひつよう》だな。うーん……〝ドン・キホーテ〟はどうだろう？　騎士《きし》らしいひびきのある名《な》だ。いずれ故郷《こきょう》の名《な》を世《よ》に知《し》らしめることになるはずだから、郷里《きょうり》のラ・マンチャの名《な》を入《い》れて、ドン・キホーテ・デ・ラ・マンチャ。うん、これはいい！」

すっかり騎士《きし》のつもりになったドン・キホーテは、さて、次《つぎ》なる旅《たび》の準備《じゅんび》はなんだろうかと考《かんが》えた。

「騎士《きし》たるもの、想《おも》いを寄《よ》せる姫《ひめ》がいなくてはなるまい。」

ドン・キホーテは、近《ちか》くのトボーソ村《むら》に住《す》むアルドンサというむすめのことを思《おも》い出《だ》した。農家《のうか》のむすめだったが、騎士《きし》が愛《あい》をささげるのにふさわしい、美《うつく》しいむすめだった。しかし、アルドンサという名《な》はいまいち騎士《きし》につり合《あ》う姫君《ひめぎみ》らしくない。ドン・キホーテは考《かんが》えをめぐらせた末《すえ》、彼女《かのじょ》の名《な》をドゥルシネア・デル・トボーソと決《き》めた。

「おお、うるわしのドゥルシネア姫《ひめ》よ!」

ドン・キホーテは、空想上《くうそうじょう》の姫君《ひめぎみ》にすっかり恋《こい》をしていた。

これでいよいよ、旅《たび》に出《で》る準備《じゅんび》が整《ととの》ったかに見《み》えた。

「いや、待《ま》てよ。さすらいの騎士《きし》の旅《たび》には、苦楽《くらく》をともに乗《の》りこえる〝心《こころ》の友《とも》〟が必要《ひつよう》だ。」

ふと窓《まど》の外《そと》に目《め》をやったドン・キホーテは、畑《はたけ》で農作業《のうさぎょう》をしている男《おとこ》を見《み》つけた。向《む》かいどなりに住《す》む、背《せ》が低《ひく》くて太《ふと》っちょの農夫《のうふ》サンチョ・パンサだ。おっちょこちょいで食《く》いしんぼうだが、人《ひと》はいい。ドン・キホーテは、サンチョ・パンサにかけ寄《よ》っていった。

「わたしは勇《ゆう》かんな騎士《きし》、ドン・キホーテだ。サンチョよ。めいよあるぼうけんの旅《たび》に出《で》たいと思《おも》わんか？　旅《たび》に出《で》れば悪人《あくにん》を次々《つぎつぎ》とたおし、そのほうびとして島《しま》の一《ひと》つや二《ふた》つ、すぐに手《て》に入《はい》るだろう。そうしたら、おまえをその島《しま》の領主《りょうしゅ》に任《にん》じよう。」

はじめこそ、また変《か》わり者《もの》の隣人《りんじん》が何《なに》か言《い》い出《だ》したとあきれていたサンチョ・パンサだったが、ほうびと聞《き》いて顔色《かおいろ》を変《か》えた。

「本当《ほんとう》ですかい？　そういうことならこのサンチョ・パンサ、どこまでもだんな様《さま》について行《い》きますとも。」

「そうと決《き》まれば、出発《しゅっぱつ》だ。」

そして静《しず》かな満月《まんげつ》の晩《ばん》、二人《ふたり》はラ・マンチャ村《むら》を出《で》た。

ドン・キホーテはやせ馬《うま》のロシナンテにまたがり、サンチョ・パンサはロバにまたがって、果《は》てなき道《みち》を歩《ある》いていった。

第《だい》1章《しょう》 キトリとバジル

やっぱりキトリの踊《おど》りには負《ま》けるわ！
きょろ…
ほんと、バルセロナで一番《いちばん》の踊《おど》り手《て》ね！
バジルったら、一体《いったい》何《なに》してるのかしら？
約束《やくそく》の時間《じかん》、とっくに過《す》ぎてるのに！
キャ～ッ
バジル!? また、ほかの女《おんな》の子《こ》と……！

待《ま》ってたわたしはなんなの？失礼《しつれい》しちゃう！
ムカ～～ッ
キトリ。
ごめんごめん、待《ま》たせたね。
何《なに》がごめんよ。そうやってずっとほかの女《おんな》の子《こ》と遊《あそ》んでればいいわ！
まぁまぁ、やきもち焼《や》かないで。
さ、キトリ。
ぼくと踊《おど》ろう。

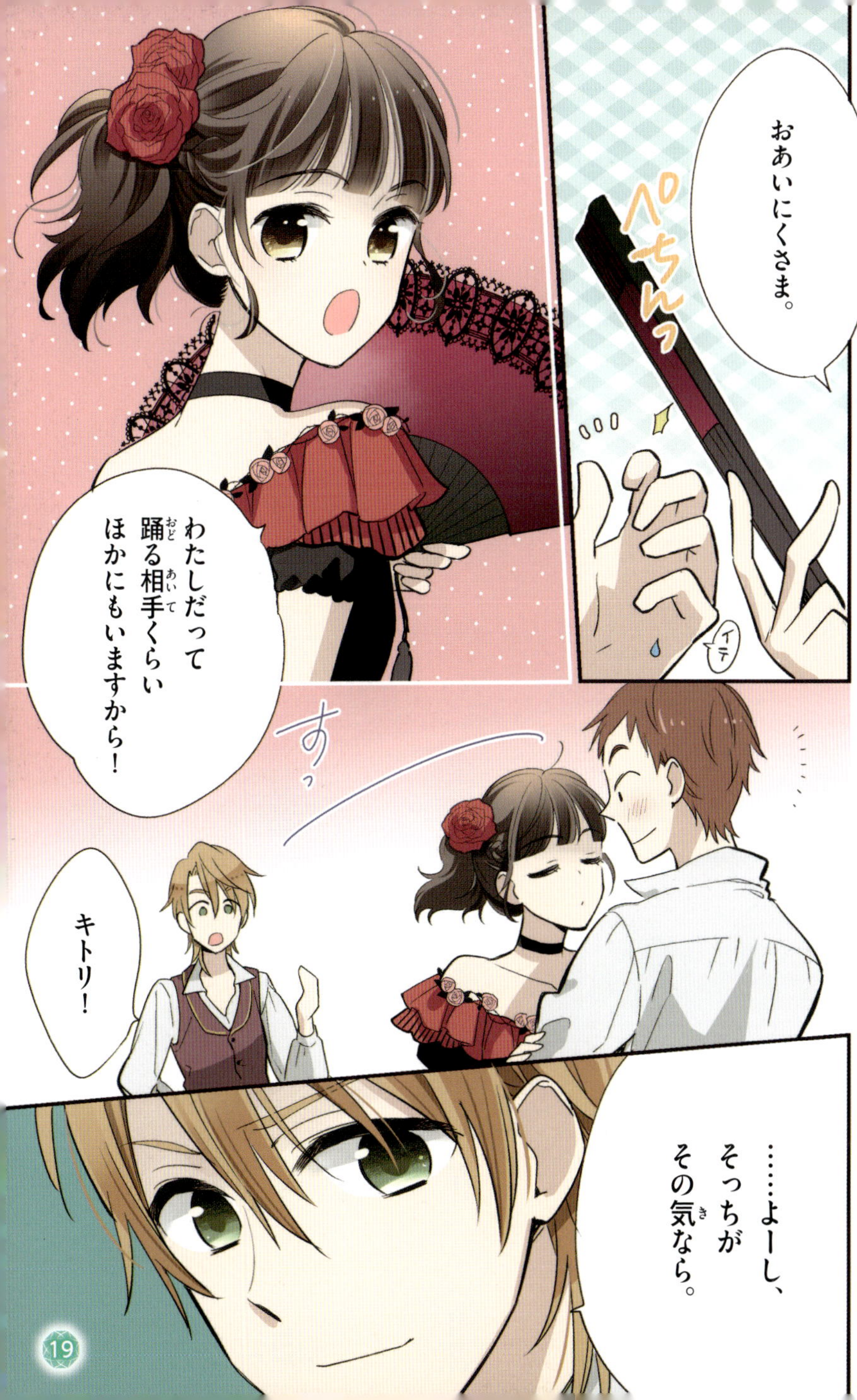
おあいにくさま。
ぺちんっ
イテ
わたしだって
踊《おど》る相手《あいて》くらい
ほかにもいますから！
すっ
キトリ！
……よーし、
そっちが
その気《き》なら。

ねぇ！
ツンツンしないでくれよ。
つーんっ
仲直《なかなお》りしよう。
べ～っ

困《こま》った
お姫様《ひめさま》だ。
しょうがないな！
ぐいっ
きゃっ！
!?
なっ
何《なに》するのっ。
そんな顔《かお》しないで。
かわいい顔《かお》が台無《だいな》しだよ。
キトリ。
ぼくが愛《あい》してるのは、
きみだけだよ。
ちゅっ
おっ。
きげん、
直《なお》ったね。
もうっ
いっつも
こう
なんだから。

やあ二人《ふたり》とも。今日《きょう》も仲《なか》が良《よ》さそうだね。
エスパーダにメルセデス。
闘牛士《とうぎゅうし》たちのリーダー・エスパーダと恋人《こいびと》のメルセデスは若者《わかもの》たちのあこがれ――。
いつ見《み》てもすてきな二人《ふたり》ね。
ぼくらだって、ああなれるさ。

……そうかしら。
ほんと、お似合《にあ》いのカップルね。
クスクス
おまえたち、何《なに》やってる！

バジル！うちのキトリからはなれろ!!

おじさん。

父様《とうさま》！

うちのキトリに近《ちか》づくなと、いつも言《い》ってるだろう！

いいかバジル。おまえなんかのいいようにはなりゃしないんだよ。キトリは、貴族《きぞく》のガマーシュ様《さま》と結婚《けっこん》するんだからな！

!?

父様《とうさま》!? わたしそんなこと聞《き》いてないわ。
悪《わる》いなキトリ。ガマーシュ様《さま》が今日《きょう》こちらにいらっしゃる。
そこで話《はな》してやろうと思《おも》っていたんだ。
ほら、言《い》ってるうちにお見《み》えになった。
床屋《とこや》なんかといっしょになってなんになるんだ。
父様《とうさま》!
父様《とうさま》! わたしはバジルと……。
だめだ。こんなやつ、おれは許《ゆる》さん!

ム
約束《やくそく》のとおり来《き》たんだが……。
キトリはまだ何《なに》も知《し》らないのかな？
すいません。
ちょっとばかしおどろかそうと思《おも》ったもんで。
金持《かねも》ちといっしょになれば、不自由《ふじゆう》ない暮《く》らしができるんだぞ。
好《す》きな人《ひと》といっしょになるほうが、お金《かね》があるより幸《しあわ》せだわ。
わたしはイヤよ、父様《とうさま》。あの人《ひと》とは結婚《けっこん》しないわ。
そうはいかないんだよキトリ。
……どういうこと？

ジャラッ
結婚《けっこん》の支度金《したくきん》もほら、ちゃんと持《も》ってきたぞ。
お金《かね》でわたしを売《う》るつもり……!?
人聞《ひとぎ》きの悪《わる》いことを言《い》うな。
結婚《けっこん》にあたって持参金《じさんきん》があるのは当《あ》たり前《まえ》だろ。

おまえみたいなただの床屋《とこや》に、ガマーシュ様《さま》と同《おな》じだけの結婚資金《けっこんしきん》が用意《ようい》できるのかい。

……………。

さてそのころ、ドン・キホーテとサンチョ・パンサは……

おおっ。

これは大変《たいへん》すばらしいうたげだ。

われわれのような旅《たび》の者《もの》を、このようにもてなしてくれるとは。

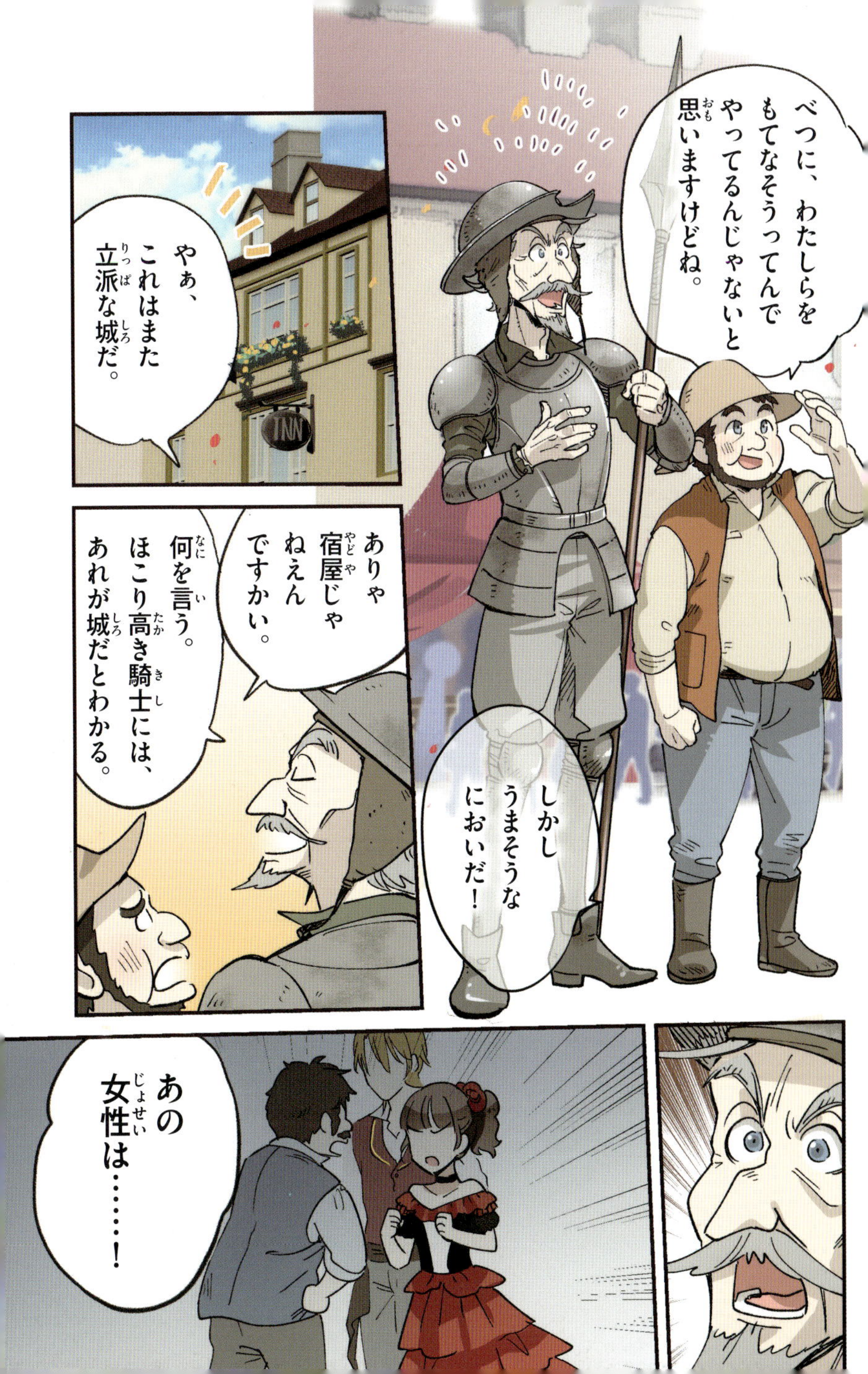
べつに、わたしらをもてなそうってんでやってるんじゃないと思《おも》いますけどね。
やぁ、これはまた立派《りっぱ》な城《しろ》だ。
ありゃ宿屋《やどや》じゃねえんですかい。
何《なに》を言《い》う。ほこり高《たか》き騎士《きし》には、あれが城《しろ》だとわかる。
しかしうまそうなにおいだ！
INN
あの女性《じょせい》は……！

とうとう見《み》つけましたぞ！ドゥルシネア姫《ひめ》。
ええっ？ わたし、ドゥルシネア姫《ひめ》なんて知《し》りません。
その美《うつく》しさ、まちがいござらん！
あなたこそ、わたしのお仕《つか》え申《もう》し上《あ》げる姫君《ひめぎみ》！
おい！おまえは一体《いったい》なんなんだ。
キトリはわたしの妻《つま》になるむすめだぞ。
あの城《しろ》のご城主《じょうしゅ》に、ぜひお目《め》にかかりたい。
あの城《しろ》って、うちの宿《やど》のことかい？
宿《やど》の店主《てんしゅ》なら、わたしだが。

ムシをする気!!
なんだかよく
わからないけど……
キトリとバジルを
ここからにがそう。
メルセデス、
協力《きょうりょく》してくれ。
コソ コソ
わかったわ
エスパーダ。
ほらほら！
こんなお天気《てんき》のいい日《ひ》に
景気《けいき》の悪《わる》い顔《かお》してちゃ
もったいないよ。
わっ
踊《おど》ろう
踊《おど》ろう。
おじさん、
お一《ひと》つ
いかが？
うひゃー
うまそう！
そーれ
わっ
なに
すんだっ!?
おお

キトリ。
ここから
にげよう！
ぼくについてきて
くれるかい……？
ぎゅっ
ええ
バジル。
わたし、
あなたに
ついて
いくわ……！

第《だい》2章《しょう》 にげる者《もの》と追《お》う者《もの》

ジプシーの野営地《やえいち》で

どれほど走《はし》っただろうか。二人《ふたり》は、すっかり日《ひ》も落《お》ちてうす暗《ぐら》くなった草原《そうげん》にいた。バルセロナの町《まち》からは、ずいぶんはなれたようだ。

「バジル。ちょっと休《やす》みましょう。」

「そうだな。あそこの木《き》に座《すわ》ろう。」

ひざの高《たか》さほどの倒木《とうぼく》を見《み》つけて、キトリとバジルは並《なら》んで座《すわ》った。

キトリが足《あし》の痛《いた》みを感《かん》じてくつをぬぐと、つま先《さき》から血《ち》がにじんでいた。

「痛《いた》むかい？」

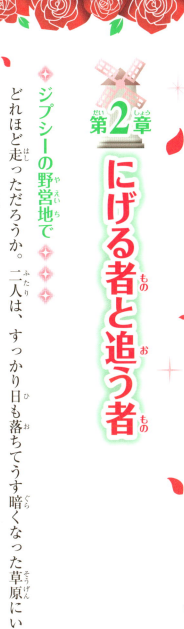

「これくらい平気《へいき》よ。バジルといっしょにいるためですもの。」

キトリは痛《いた》みをこらえて笑《わら》って見《み》せた。

バジルはキトリの肩《かた》を、そっとだき寄《よ》せた。

「キトリ、無理《むり》しないで。ぼくにはあまえていいんだよ。」

「ありがとう、バジル。あなたとなら、なんだって乗《の》りこえられるわ。」

キトリはバジルの肩《かた》に、そっと頭《あたま》をあずけた。

そのときキトリは、草原《そうげん》の向《む》こうに、

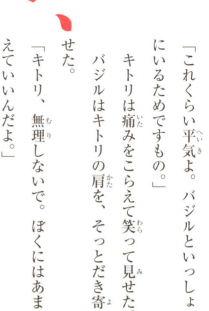

ゆらりとゆれる赤《あか》い明《あ》かりのようなものを見《み》た。

「あの明《あ》かり、何《なに》かしら？」

バジルも、明《あ》かりの方向《ほうこう》に目《め》をこらした。

「たき火《び》……かな。だれかいるのかもしれない。」

「何《なに》か食《た》べ物《もの》を分《わ》けてもらえないかしら。水《みず》だけでもいいわ。」

「ああ、行《い》ってみよう。」

二人《ふたり》が立《た》ち上《あ》がり、動《うご》き出《だ》そうとしたそのとき――。

「だれだ！」

背後《はいご》から、男《おとこ》の低《ひく》い声《こえ》がひびいた。おどろいたキトリとバジルは、おそるおそるふり向《む》いた。するとそこに、大《おお》きな男《おとこ》が立《た》っていた。頭《あたま》にはバンダナを巻《ま》き、するどい目《め》で二人《ふたり》をにらんでいる。

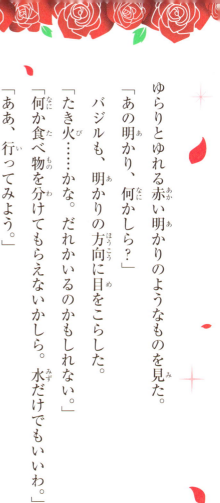

「なんだ、おまえたち。ここへなんの用《よう》だ。」

「あ、あの、わたしたち、町《まち》からにげてきて……。」

キトリがおそるおそる言《い》い、バジルが続《つづ》けた。

「ぼくたち、人《ひと》に追《お》われているんです。どうか、助《たす》けていただけませんか。」

大男《おおおとこ》は、キトリとバジルを足《あし》の先《さき》から頭《あたま》のてっ

ぺんまで、なめるように見定《みさだ》めた。しばらくすると、警《けい》かいの必要《ひつよう》がないことを認《みと》めたのか、険《けわ》しい顔《かお》をくずして言《い》った。

「その格好《かっこう》じゃ、何《なに》も持《も》たずに着《き》のみ着《き》のままにげてきた、って感《かん》じだな。よくこんなへんぴなところまで来《き》たもんだ。がははは！」

大男《おおおとこ》が笑《わら》うと、二人《ふたり》もきん張《ちょう》がゆるんだ。

「おれはペドロ。ジプシー*だ。人形《にんぎょう》しばいをしながら、旅《たび》を続《つづ》けている。よくわからんが、事情《じじょう》がありそうだな。あっちに仲間《なかま》たちがいる。ついておいで。」

「ありがとうございます！」

キトリとバジルは、ほっと胸《むね》をなで下《お》ろした。

ペドロは草《くさ》をかき分《わ》けながら、ずんずんと明《あ》かりのほうへ進《すす》んでいった。生《お》いしげる草《くさ》がと切《ぎ》れて、足場《あしば》が見《み》えた。少《すこ》し先《さき》へ目《め》をやると、小高《こだか》い丘《おか》の上《うえ》に、大《おお》きな

＊ジプシー……ヨーロッパの少数民族《しょうすうみんぞく》。移動生活《いどうせいかつ》を基本《きほん》とする。

風車《ふうしゃ》が立《た》ち並《なら》んでいる。その下《した》にはテントがいくつか張《は》られ、そのそばでジプシーたちがたき火《び》を囲《かこ》んでいた。

テントのそばには、旅《たび》の供《とも》であろうロバもつながれていた。ロバのひもをくいにくくりつけていたジプシーの男《おとこ》が言《い》った。

「親方《おやかた》。だれだい、そちらさんは？」

「町《まち》からにげてきたんだと。パンと水《みず》を分《わ》けてやってくれ。それとこのおじょうさん、足《あし》をけがしてるから、手当《てあ》てしてやってくれ。」

「そうかい。二人《ふたり》とも、こっちへおいで。」

ペドロは見《み》た目《め》の印象《いんしょう》に似合《にあ》わず、親切《しんせつ》な男《おとこ》だった。仲間《なかま》のジプシーたちにも、したわれているようだった。

キトリとバジルは、水《みず》や食事《しょくじ》の提供《ていきょう》と、けがの手当《てあ》てに感謝《かんしゃ》して、ペドロたちににげてきた事情《じじょう》を説明《せつめい》した。

自分《じぶん》たちは愛《あい》し合《あ》っているが、父《ちち》親《おや》に結婚《けっこん》を反対《はんたい》されていること。キトリが、金持《かねも》ちの貴族《きぞく》と強引《ごういん》に結婚《けっこん》させられそうになっていること。

「つまり、かけ落《お》ちってことかい。いいねえ、若《わか》いねぇ。」

「貴族《きぞく》なんざぁ、くそっ食《く》らえだ。」

「愛《あい》し合《あ》う二人《ふたり》のジャマするやつは、馬《うま》にけられて死《し》んじまえってね。応《おう》えんするぜ！」

ジプシーたちは口々《くちぐち》に、キトリとバジルをはげました。

と、そのとき。聞《き》き覚《おぼ》えのある声《こえ》が、草原《そうげん》の向《む》こうからひびいてきた。

「おーい、キトリ！　父《とう》さんだぞ！」

「わたしの妻《つま》よ！　どこにいるんだい？　姿《すがた》を見《み》せておくれ！」

キトリの父《ちち》ロレンツォとガマーシュが、二人《ふたり》を追《お》ってきたようだった。

「来《き》たわ、バジル。どうしよう。わたし、あんな人《ひと》の妻《つま》になりたくない。」

「とにかく、見《み》つかるわけにはいかない。親方《おやかた》さん、かくまってもらえませんか。」

「ああ、任《まか》せておけ。さ、二人《ふたり》とも。あの馬車《ばしゃ》の中《なか》にかくれるんだ。」

二人《ふたり》はペドロに導《みちび》かれ、テント小屋《ごや》のおくの馬車《ばしゃ》に身《み》をかくし、カーテンを閉《し》めた。

そのとき、もう一《ひと》つ聞《き》き覚《おぼ》えのある声《こえ》が聞《き》こえてきた。

「ドゥルシネア姫《ひめ》！　心配《しんぱい》はいりませんぞ。わたしがお守《まも》りいたしますから、出《で》て来《き》なされ。」

「だんな、あの女《おんな》の子《こ》はキトリって名前《なまえ》だそうですよ。」

あの変《へん》な老人《ろうじん》たちの声《こえ》だ。キトリがカーテンのすき間《ま》からのぞくと、老人《ろうじん》はやせた馬《うま》に乗《の》って、小太《こぶと》りの男《おとこ》は足《あし》の短《みじか》いロバに乗《の》って、カッポカッポと歩《ある》いてくる。

「あのおじいさんたちも来《き》ちゃったのね。あの人《ひと》たち、一体《いったい》なんなのかしら？」

「なんだかおかしな格好《かっこう》をしているな。貴族《きぞく》のガマーシュとは、どうも関係《かんけい》はなさそうだけど。ほらキトリ、かくれて。」

バジルはそう言《い》って、馬車《ばしゃ》のカーテンを閉《し》めた。

たき火《び》の向《む》こうでペドロが、やってきた四人《よにん》の訪問者《ほうもんしゃ》を出《で》むかえた。

「だんな様方《さまがた》。こんなところへ、なんのご用《よう》で？」

「わたしのむすめが、ここへ来《こ》なかったか？　うさんくさい男《おとこ》といっしょのはずなんだが。」

ロレンツォが、ペドロに向《む》かって問《と》いかけた。

「うさんくさいだって。ひどいなぁ。」

「バジル、しっ。」

「ここは、わたしらジプシーの野営地《やえいち》。今日《きょう》はあなた方《がた》以外《いがい》に、だれも来《き》ちゃいませんよ。」

ペドロが白《しら》を切《き》ると、ロレンツォは疑《うたが》い深《ぶか》くペドロの顔《かお》を見《み》やった。

「こっちへにげてきたはずなんだが……。」

キトリはごくりとつばを飲《の》みこみ、バジルの手《て》をにぎった。

そのときペドロが突然手《ぜんて》をたたき、明《あか》るい声色《こわいろ》で調子《ちょうし》よく言《い》った。

「だんな様方《さまがた》。あなた方《がた》はラッキーですぞ。ちょうど今《いま》から、我々《われわれ》ペドロ一座《いちざ》の人形《にんぎょう》しばいがはじまるところです。あっちの小屋《こや》に、舞台《ぶたい》が組《く》まれています。さあさあ、どうぞ見《み》ていってください。」

「しばいなど、どうでもいい。わたしは、わたしの妻《つま》を探《さが》しているのだ。」

ガマーシュの言葉《ことば》をさえぎるように、ペドロは続《つづ》けた。

「これより上演《じょうえん》いたしますのは、世界一《せかいいち》すばらしい人形《にんぎょう》しばい。ドン・ガイフェロスの物語《ものがたり》でございます。」

恋人《こいびと》たちを探《さが》して馬車《ばしゃ》の下《した》をのぞきこんでいたドン・キホーテは、それを聞《き》くと顔《かお》を上《あ》げて、目《め》をかがやかせた。

「おお！　ドン・ガイフェロス！　モーロ人《じん》にとらわれた美《うつく》しき妻《つま》・メリセンドラ姫《ひめ》を救《すく》いだす、勇《ゆう》かんな騎士《きし》の物語《ものがたり》ですな！」

「そのとおりでございます。さすが、立派《りっぱ》な騎士様《きしさま》はご存《ぞん》じでいらっしゃるようですな。」

「うむ。彼《かれ》はなかなか見《み》どころのある騎士《きし》！　姫《ひめ》を連《つ》れて馬《うま》を走《はし》らせながら追《お》っ手《て》を退《しりぞ》ける姿《すがた》、とくと拝《おが》ませていただこう。」

ドン・キホーテはそう言《い》って、舞台前《ぶたいまえ》の座席《ざせき》の最前列《さいぜんれつ》に、しっかりと腰《こし》を下《お》ろした。

ガマーシュは困《こん》わくした表情《ひょうじょう》で言《い》った。

「なんなんだ、あのじいさんは？」

「放《ほう》っときましょう、ガマーシュ様《さま》。しばいなんざ、わたしらは見《み》なくったって構《かま》いません。」

ロレンツォがいら立《だ》たしげに言《い》うと、ペドロがささやいた。

「まぁ、そうおっしゃらずに。このしばいが終《お》わったら、さっきわたしが若《わか》い恋人《こいびと》たちを見《み》た森《もり》のほうへ、連《つ》れていって差《さ》しあげますよ。」

ロレンツォとガマーシュが、目《め》の色《いろ》を変《か》えた。

「なんだと。本当《ほんとう》か！」

「ええ、森《もり》で見《み》ましたよ。あとで連《つ》れてってあげますから、どうぞ舞台《ぶたい》の前《まえ》へ。」

二人《ふたり》は顔《かお》を見合《みあ》わせ、仕《し》方《かた》がないといったようすで、観客席《かんきゃくせき》に腰《こし》を下《お》ろした。

「ペドロさん、うまく引《ひ》きつけてくださったわね。でも、森《もり》で見《み》た恋人《こいびと》ってなんのことかしら？」
「おじさんたちを足止《あしど》めするための、つくり話《ばなし》だろう。さすが、ペドロ親方《おやかた》は役者《やくしゃ》だな。」
「わたしたちも、人形劇《にんぎょうげき》を見《み》ましょうよ。ほら、ここから舞台《ぶたい》と客席《きゃくせき》がよく見《み》えるわ。」

「ほんとだ。特等席《とくとうせき》だな。」

二人《ふたり》は、馬車《ばしゃ》のカーテンのすき間《ま》からこっそりと劇《げき》をかん賞《しょう》することにした。

サンチョ・パンサがドン・キホーテのとなりに座《すわ》り、四人《よにん》の観客《かんきゃく》が席《せき》に着《つ》いたところで、人形《にんぎょう》しばいの幕《まく》が上《あ》がった。

物語《ものがたり》は、ジプシーの少年《しょうねん》の語《かた》りで進《すす》んでいく。

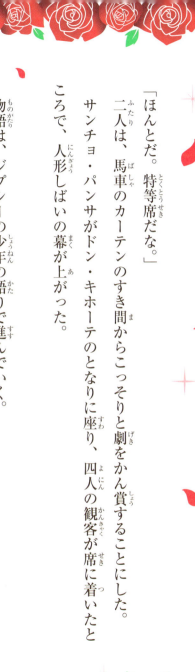

「ここは、かの有名《ゆうめい》な西《にし》ローマ帝国《ていこく》、シャルルマーニュ皇《こう》ていの宮殿《きゅうでん》。皇《こう》ていのむすめメリセンドラ姫《ひめ》の夫《おっと》であった騎士《きし》ドン・ガイフェロスは、チェスに熱中《ねっちゅう》するあまり、妻《つま》がモーロ人《じん》に連《つ》れ去《さ》られたことなど、気《き》にもしていないのでありました。」

早々《そうそう》に物語《ものがたり》へ入《はい》りこんでいるドン・キホーテは、舞台《ぶたい》のほうに身《み》を乗《の》りだしてさけんだ。

「ドン・ガイフェロス様《さま》、チェスに興《きょう》じている場合《ばあい》ではありませぬぞ！　早《はや》くメリセンドラ姫《ひめ》をお救《すく》いしに旅立《たびだ》たねば！」

「だんな。人形《にんぎょう》に言《い》ったって、仕方《しかた》ないでしょ。」

サンチョ・パンサが、あきれ顔《がお》でドン・キホーテをなだめた。そのようすに、キトリとバジルは顔《かお》を見合《みあ》わせ、小《ちい》さく笑《わら》った。


物語《ものがたり》はテンポよく進《すす》んでいく。

「皇《こう》ていにせっつかれて、ようやく妻《つま》の救出《きゅうしゅつ》に向《む》かったドン・ガイフェロス。とらわれのメリセンドラ姫《ひめ》がいるモーロ人《じん》の城《しろ》に、ようやくたどり着《つ》きました。バルコニーに出《で》たメリセンドラ姫《ひめ》は、自分《じぶん》の夫《おっと》ドン・ガイフェロスとは気《き》づかず、彼《かれ》に声《こえ》をかけるのであります。『旅《たび》のお方《かた》。もしもフランスへ立《た》ち寄《よ》ることがあったら、ドン・ガイフェロスという騎士《きし》をおたずねください』。」

ドン・キホーテが、すかさず口《くち》をはさむ。

「メリセンドラ姫《ひめ》！　そこにいるのは、あなたの夫《おっと》ですぞ！　勇気《ゆうき》を出《だ》して、バルコニーから飛《と》び下《お》りるのです！」

口上語《こうじょうがた》りの少年《しょうねん》は、迷《めい》わくそうに顔《かお》をゆがめた。しかしすぐに気《き》を取《と》り直《なお》し、物《もの》語《がたり》を続《つづ》けた。

「顔《かお》をかくしていたマントを、ぱっと外《はず》したドン・ガイフェロス。『むかえに来《き》たよ、メリセンドラ！』『ガイフェロス、あなただったのね！』。バルコニーから飛《と》び下《お》りるメリセンドラ姫《ひめ》を、ドン・ガイフェロスはしっかりとだき止《と》め、馬《うま》の背《せ》に乗《の》せ、一路《いちろ》フランスを目指《めざ》すのであります。」

「おお、勇《いさ》ましい！　それでこそ、愛《あい》と勇気《ゆうき》の騎士《きし》ドン・ガイフェロスとその妻《つま》ですぞ！」

ドン・キホーテは涙《なみだ》を流《なが》して手《て》をたたき、声《せい》えんを舞台《ぶたい》に送《おく》った。

キトリは人形劇《にんぎょうげき》よりも、ドン・キホーテの反応《はんのう》が面白《おもしろ》くてたまらなかった。

「ねぇ、バジル。あのおじいさん、おかしいわね。」

「ただのおしばいなのに、すごいのめりこみようだなあ。」


ドン・キホーテの発言《はつげん》にさまたげられながらも、少年《しょうねん》はさらに口上《こうじょう》を続《つづ》けた。

「ところが！　メリセンドラのとう亡《ぼう》に気《き》づいたモーロ人《じん》の王《おう》は、すぐに兵《へい》を出《だ》し、二人《ふたり》を追《お》いかけはじめるのであります。」

「な、なんだと！」

たくさんの兵隊《へいたい》の人形《にんぎょう》が舞台《ぶたい》に現《あらわ》れると、ドン・キホーテは思《おも》わず立《た》ち上《あ》がった。

いやな予感《よかん》がしたサンチョ・パンサは、興奮《こうふん》するドン・キホーテを両手《りょうて》でおさえながら言《い》った。

「だんな。言《い》っときますけど、あれは人形《にんぎょう》ですからね。」

「ええい、放《ほう》ってはおけん！　悪《あ》しき者《もの》はばっする！　これぞ騎士《きし》ドン・キホーテの使命《しめい》なり――！」

馬車《ばしゃ》の中《なか》から見《み》ていたキトリとバジルは、次《つぎ》のしゅんかん、目《め》を丸《まる》くした。舞台《ぶたい》の上《うえ》の人形《にんぎょう》たちが織《お》りなす物語《ものがたり》によいしれたドン・キホーテは、槍《やり》をしっかりとにぎりしめて、舞台《ぶたい》にとっ進《しん》していったのだ。

「うわあ、何《なに》をする！　やめてくれー！」

ペドロのさけびもむなしく、ドン・キホーテは舞台上《ぶたいじょう》の人形《にんぎょう》の兵士《へいし》たちを槍《やり》で思《おも》いきりつきさし、け散《ち》らした。

兵士《へいし》たちをすべてなぎたおすと、ドン・ガイフェロスとメリセンドラ姫《ひめ》の人形《にんぎょう》に向《む》かって、言《い》った。

「もう安心《あんしん》してくだされ。追《お》っ手《て》は、すべてやっつけましたぞ。」

巨人《きょじん》、現《あらわ》る

「おしばいなのに、あんなに夢中《むちゅう》になるなんて。商売道具《しょうばいどうぐ》がメチャクチャ。ペドロさんに悪《わる》いことしちゃった……。」

「なんとか直《なお》せるといいんだけどなぁ……。ぼくらをかくまったばっかりに、親方《おやかた》は大損《おおぞん》だ。」

キトリとバジルは、きまり悪《わる》そうに顔《かお》を見合《みあ》わせた。

ボロボロになったしばい小屋《ごや》と人形《にんぎょう》たちを見《み》つめて、がっくりと肩《かた》を落《お》とすペドロ。

ロレンツォとガマーシュは、目《め》の前《まえ》で起《お》きた出来事《できごと》にぼう然《ぜん》としていた。

一戦《いっせん》を終《お》えたドン・キホーテは、槍《やり》をにぎりしめたまま、目《め》を細《ほそ》めてくずれたしばい小屋《ごや》の向《む》こうを見《み》ている。そこには、巨大《きょだい》な風車《ふうしゃ》がいくつも立《た》っていた。

「戦《たたか》いはまだ、終《お》わっていなかったようだ。現《あらわ》れおったな、巨人《きょじん》め！」

「だんな、巨人《きょじん》なんてどこにもいませせん。しっかりしてくださえ。」

サンチョ・パンサはドン・キホーテの視線《しせん》の先《さき》を何度《なんど》も確《たし》かめたが、そこにあるのは小高《こだか》い丘《おか》の上《うえ》の風車《ふうしゃ》だけだった。

「サンチョよ。おまえにはあの大《おお》きな腕《うで》が見《み》えんのか。」

「あそこにあるのは、粉《こな》ひきの風車《ふうしゃ》ですよ。腕《うで》と見《み》えるのは、羽根車《はねぐるま》でさぁ。あれが風《かぜ》でぐるぐる回《まわ》って、石《いし》うすを動《うご》かして、小麦《こむぎ》を粉《こな》にするんです。」

あきれ顔《がお》のサンチョ・パンサに、ドン・キホーテはさらに言《い》った。

「ええい、おまえにはわからんのだ。騎士《きし》たるもの、おくびょうであるほどはずかしいことはない。危険《きけん》をおかしてでも、悪《あく》をたおすために立《た》ち向《む》かわねばならんのだ。」

そのとき、ふいに風《かぜ》が巻《ま》き起《お》こった。そして、大《おお》きな風車《ふうしゃ》の羽根《はね》がいっせいに回《まわ》りはじめた。

「おのれ、巨人《きょじん》め！　大《おお》きな腕《うで》をふって、にげる気《き》だな！」

ドン・キホーテは長《なが》い槍《やり》をふりかざし、風車《ふうしゃ》に向《む》かってとっ進《しん》していった。

「ああっ、だんな！　待《ま》ってくだせぇ!!」

ドン・キホーテの槍《やり》が、風車《ふうしゃ》の羽《は》根《ね》につきささる。しかし風車《ふうしゃ》は、ものともせずに回《まわ》り続《つづ》けた。

風車《ふうしゃ》の羽《は》根《ね》にささった槍《やり》をにぎりしめていたドン・キホーテは、回転《かいてん》

する風車《ふうしゃ》の羽根《はね》に持《も》ち上《あ》げられ、一番高《いちばんたか》いところで放《ほう》り出《だ》されてしまった。

「あっ!!」

キトリとバジルは、つい、大《おお》きな声《こえ》を上《あ》げてしまった。

風車《ふうしゃ》との戦《たたか》いに敗《やぶ》れ、人形《にんぎょう》のように宙《ちゅう》に放《ほう》り出《だ》されたドン・キホーテは、地面《じめん》にたたきつけられて、丘《おか》の上《うえ》からごろごろと転《ころ》がり落《お》ちた。

「だ、だんなぁ――――!」

サンチョ・パンサはあわてて走《はし》り出《だ》し、ドン・キホーテの落下《らっか》したほうへ向《む》かった。キトリとバジルも、馬車《ばしゃ》を飛《と》び出《だ》した。

ガマーシュとロレンツォは、あまりの出来事《できごと》にぼう然《ぜん》としていた。

「一体《いったい》……何《なに》が起《お》きたんだ。」

「はぁ、なんだったんでしょう……あっ。」

ロレンツォの目《め》が、馬車《ばしゃ》から飛《と》び出《だ》したキトリとバジルをとらえた。
「キトリ！　バジルのやつも。とうとう見《み》つけたぞ！」
ロレンツォの声《こえ》に気《き》づいたキトリは、ふり向《む》き、強《つよ》い調子《ちょうし》で言《い》った。
「父様《とうさま》、今《いま》はそれどころじゃないでしょ。あのおじいさんを助《たす》けなきゃ。早《はや》く！」

「え？　あ、ああ……。」

ロレンツォはキトリに気圧《けお》されて、サンチョ・パンサの走《はし》っていったほうへ向《む》かった。ガマーシュも、彼《かれ》らのあとを追《お》った。

丘《おか》の下《した》で、あわれな老人《ろうじん》が力《ちから》なく横《よこ》たわっていた。サンチョ・パンサがそばにかけ寄《よ》り、体《からだ》をゆすって声《こえ》をかける。

「だんな！　しっかりしてくだせぇ！」

ドン・キホーテはぐったりしたまま、ピクリとも動《うご》かない。やせ馬《うま》のロシナンテも、心配《しんぱい》そうに主人《しゅじん》のまわりをおろおろとうろついている。

「おじさん、このお水《みず》をあげて。」

キトリは、ジプシーの女性《じょせい》が持《も》ってきた水《みず》をサンチョにわたした。バジルは、ドン・キホーテの胸《むね》に耳《みみ》を当《あ》てて、心臓《しんぞう》が動《うご》いていることを確認《かくにん》した。

「落《お》ちたショックで、気《き》を失《うしな》っただけみたいですね。」

「まったく、無茶《むちゃ》なことばっかりして……。すいませんでしたね、あんたたち。かくれてたんだろうに。」

「気《き》にしないで。こんなときに放《ほう》っておくわけにはいかないもの。」

キトリは、サンチョ・パンサに言《い》った。ロレンツォはたおれているドン・キホーテを見下《みお》ろして、頭《あたま》をかきながら言《い》った。

「まったく、こっちだっていそがしいってのに。迷《めい》わくなじいさんだな。」

「父様《とうさま》ったら。もとはといえば、父様《とうさま》が……。」

キトリがロレンツォに言《い》い返《かえ》そうとしたところで、バジルが間《あいだ》に入《はい》った。

「まぁまぁ、二人《ふたり》とも。今《いま》はやめましょう。おじいさんが目《め》を覚《さ》ますまで、しばらくここで待《ま》ちましょう。」

ドン・キホーテ、夢《ゆめ》を見《み》る

「ん？　ここは……、一体《いったい》どこだ……？」

ドン・キホーテが目《め》を開《あ》けると、頭上《ずじょう》にうっそうとした木々《きぎ》と、その向《む》こうに星《ほし》がきらめいているのが見《み》えた。ドン・キホーテは、自分《じぶん》がたおれていることに気《き》がつき、起《お》き上《あ》がろうとした。

「うっ！　いたたたた……。」

痛《いた》みを感《かん》じて、ドン・キホーテは、自分《じぶん》の身《み》に何《なに》があったのか思《おも》い出《だ》そうとした。

辺《あた》りは暗《くら》い森《もり》に囲《かこ》まれている。サンチョ・パンサとロシナンテの姿《すがた》は見当《みあ》たらない。どこからか、かすかに音楽《おんがく》が聞《き》こえてきた。ドン・キホーテは、地面《じめん》に打《う》ちつけて痛《いた》む尻《しり》をさすりながら、音楽《おんがく》が聞《き》こえてくるほうへ歩《ある》いていった。

そのとき――。

「あなたは勇《ゆう》かんな騎士《きし》、ドン・キホーテ様《さま》ですね。」

木《き》のかげから声《こえ》がして、あわいエメラルドグリーンの服《ふく》をまとった美《うつく》しい少女《しょうじょ》が数人《すうにん》、ふわっと現《あらわ》れた。

「なぜ、わたしの名《な》を? そなたたちは……?」

「わたしたちは、森《もり》の妖精《ようせい》ドリアード。」

そう言《い》うと妖精《ようせい》たちは、木々《きぎ》の間《あいだ》から次々《つぎつぎ》と姿《すがた》を現《あらわ》した。

「お元気《げんき》でよかったわ。」

ベルのような形《かたち》をしたスカートがふんわりとゆれ、優《やさ》しく舞《ま》うように行《い》き交《か》っている。

「さあ、心清《こころきよ》き騎士《きし》のために踊《おど》りましょう。」

ドリアードたちは、ドン・キホーテをかんげいして踊《おど》りはじめた。くるりと風《かぜ》のように回《まわ》って、ふんわりとしたジャンプをくり返《かえ》す。やわらかなスカートが、波《なみ》のようにゆれる。軽《かろ》やかで、しなやかで、夢《ゆめ》のような光景《こうけい》だった。

「なんと美《うつく》しい。まるで花《はな》のわた毛《げ》が踊《おど》っているようだ。」

妖精《ようせい》たちのロマンティックな踊《おど》りに、ドン・キホーテはうっとりとよいしれた。

すると今度《こんど》は、銀色《ぎんいろ》にかがやく衣装《いしょう》をまとったキューピッドたちが手招《てまね》きをした。

「さあ騎士様《きしさま》。こちらへどうぞ。」

キューピッドたちのあとについていくと、ひと際美《きわうつく》しい女性《じょせい》が目《め》の前《まえ》に現《あらわ》れ、ドン・キホーテは思《おも》わず大《おお》きく目《め》を見開《みひら》いた。

「あ、あなた様《さま》は……。ドゥルシネア姫《ひめ》！」

真《ま》っ白《しろ》なドレスに身《み》を包《つつ》み、七色《なないろ》にかがやくティアラを頭《あたま》に乗《の》せている。ドン・キホーテがドゥルシネア姫《ひめ》と認《みと》めたキトリにも、どこか似《に》ていた。だが、雪《ゆき》のように白《しろ》いはだのこの女性《じょせい》は、この世《よ》のものとは思《おも》われない美《うつく》しさだった。

「わたしはドリアードの女王《じょおう》。わたしたちの森《もり》へ、ようこそいらっしゃいました。ドン・キホーテ・デ・ラ・マンチャ様《さま》。」

女王《じょおう》は、優《やさ》しく包《つつ》みこむような声《こえ》でささやいた。

「ああ、なんたる幸《しあわ》せ。うるわしのドゥルシネア姫《ひめ》、ようやくお目《め》にかかれました。わたしは悪《あ》しき者《もの》をたおし、愛《いと》しき姫《ひめ》を救《すく》うため、旅《たび》をしてまいりました。もう心配《しんぱい》はいりませぬ、ドゥルシネア姫《ひめ》。このドン・キホーテがお守《まも》りいたします。」

ドン・キホーテの言葉《ことば》に、女王《じょおう》はほほ

笑《え》んで言《い》った。

「うれしいお言葉《ことば》ですが、あなたの助《たす》けを待《ま》っている人《ひと》はわたしではありません。あなたこそは騎《き》士《し》のなかの騎《き》士《し》。さあ、早《はや》く目《め》を覚《さ》まして、あなたの助《たす》けを必要《ひつよう》としている人《ひと》たちを救《すく》いに行《い》くのです。」

ドン・キホーテが手《て》をのばしたそのとき、女王《じょおう》とドリアードたちは森《もり》のおくへと消《き》えていった。

「お、お待《ま》ちください、ドゥルシネア姫《ひめ》……！」

夢《ゆめ》から覚《さ》めて

「だんな！　だんなってば!!」

サンチョ・パンサは、ドン・キホーテのほおをたたいたり、つねったり、引《ひ》っ張《ば》ったりして、必死《ひっし》に起《お》こそうとしていた。

「行《い》かないでください、ドゥルシネア姫《ひめ》……。」

「もう、だんな！　しっかりしてくだせえ。」

ドン・キホーテは、心配《しんぱい》そうにのぞきこむ大《おお》きな丸《まる》い顔《かお》を見《み》て、目《め》を覚《さ》ました。

「なんだ、おまえか……。」

「なんだじゃないですよ、もう。死《し》んじまったかと思《おも》ったじゃないですか。ああ、無事《ぶじ》でよかった！」

ドン・キホーテは、辺《あた》りをキョロキョロと見回《みまわ》した。さっきまで流《なが》れていた音楽《おんがく》は、すっかり消《き》えていた。

「妖精《ようせい》たちは、どこへ行《い》った？」

「何《なに》言《い》ってるんですか、だんな。妖精《ようせい》なんていやしませんよ。気絶《きぜつ》している間《あいだ》に、めでたい夢《ゆめ》でも見《み》てたんじゃないですか。」

「夢《ゆめ》……？　わたしは、夢《ゆめ》を見《み》ていたのか……？」

肩《かた》を落《お》とすドン・キホーテに、やせ馬《うま》のロシナンテがすり寄《よ》ってきた。

「心配《しんぱい》させてすまなかったな、ロシナンテ。」

ロシナンテは、のどのおくでブヒヒンと鳴《な》いた。

ドン・キホーテの無事《ぶじ》を喜《よろこ》ぶサンチョ・パンサのうしろで、キトリとバジルは少《すこ》しずつ、夜《よる》の暗《くら》がりへと

あとずさっていった。ロレンツォとガマーシュは、たき火《び》のそばで何《なに》か話《はな》している。結婚式《けっこんしき》の打《う》ち合《あ》わせでもしているのだろうか。

「バジル。今《いま》のうちににげましょう。」

「そうだな。ペドロ親方《おやかた》には、改《あらた》めてお礼《れい》に来《こ》よう。行《い》こう！」

キトリとバジルは、真《ま》っ暗《くら》な草原《そうげん》へかけ出《だ》していった。

ふとサンチョ・パンサが、思《おも》い出《だ》して言《い》った。

「心配《しんぱい》していたのは、わたしやロシナンテだけじゃありませんよ。あのおじょうちゃんたちも、ずっと付《つ》きそってくれていたんですから。ほら、そこに……あれ？」

サンチョ・パンサが辺《あた》りを見回《みまわ》しても、キトリとバジルの姿《すがた》はもうどこにもなかった。

「さっきまでそこにいたのに。そうか、めんどうなのがよそ見《み》しているうちに、にげたんだな。」

何《なに》やら話《はな》しこんでいるロレンツォたちを見《み》て、サンチョ・パンサが言《い》った。

それと同時《どうじ》にロレンツォとガマーシュが、キトリたちがいなくなっていることに気《き》づいてさわぎ出《だ》した。

ドン・キホーテは少《すこ》し考《かんが》えて、はっと気《き》づいた。

「そうだったな。ドゥルシネア姫《ひめ》の言《い》う助《たす》けを必要《ひつよう》としている人《ひと》たちとは、彼《かれ》らのことだったのだ。」

「だんな。ぶっこわした人形《にんぎょう》の代金《だいきん》、弁《べん》しょうしなきゃいけませんぜ。」

「む……………。」

第《だい》3章《しょう》 バジルの決心《けっしん》

バルセロナの居酒屋《いざかや》

キトリとバジルは、ジプシーたちの野営地《やえいち》をはなれて草原《そうげん》に出《で》た。大《おお》きな丸《まる》い月《つき》が、東《ひがし》の空《そら》にぽっかりとうかんでいた。

ふと足《あし》を止《と》めて、キトリが言《い》った。

「ねぇ、バジル。いつまでもこうしてにげ続《つづ》けられるのかしら……。」

不安《ふあん》そうに言《い》うキトリに、バジルは少《すこ》し考《かんが》えながら答《こた》えた。

「そうだな……。行《い》くあてもなくにげるのにも、限界《げんかい》がある。」

二人《ふたり》は、どこか身《み》を寄《よ》せる場所《ばしょ》がないか考《かんが》えた。しばらくして、キトリが言《い》った。

「バルセロナにもどりましょう。居酒屋《いざかや》のマスターなら、どうしたらいいか、きっ

と相談《そうだん》に乗《の》ってくれるわ。」

なじみの居酒屋《いざかや》には、いつも味方《みかた》になってくれるたのもしい店主《てんしゅ》がいる。キトリとバジルの友人《ゆうじん》たちも、助《たす》けになってくれるかもしれない。

「わかった、バルセロナへもどろう。」

バジルは、キトリの手《て》をしっかりとにぎった。

一時間後《いちじかんご》。キトリとバジルは、バルセロナの居酒屋《いざかや》の前《まえ》にいた。する

と、中《なか》から空《から》の酒《さか》びんの箱《はこ》をかかえた店主《てんしゅ》が出《で》てきた。そばに立《た》っている二人《ふたり》に気《き》がつくと、店主《てんしゅ》はパッと笑顔《えがお》になって言《い》った。

「キトリにバジル！　おまえさんたち、もどってきたのかい！　話《はなし》はみんなから聞《き》いたよ。無事《ぶじ》でよかった！」

酒《さか》びんを置《お》くと、もじゃもじゃと毛《け》の生《は》えた腕《うで》を大《おお》きく広《ひろ》げて、ごう快《かい》に喜《よろこ》んだ。

酒盛《さかも》りをしていた町《まち》の若者《わかもの》たちも出《で》てきて、次々《つぎつぎ》とかけ寄《よ》ってきた。

「みんな心配《しんぱい》してたのよ。でも、きっともどってくると信《しん》じてたわ！」

「大変《たいへん》だったな。おれたちは、バジルとキトリの味方《みかた》だからな。」

花売《はなう》りのむすめたちや、闘牛士《とうぎゅうし》たち。エスパーダとメルセデスも、店《みせ》に集《あつ》まっていた。

「ありがとう、みんな。」

キトリは涙目《なみだめ》になって、仲間《なかま》とだき合《あ》った。

「二人《ふたり》との再会《さいかい》に、かんぱい！」

店主《てんしゅ》の呼《よ》びかけで、若者《わかもの》たちは再《ふたた》び酒《さけ》を手《て》に、二人《ふたり》を囲《かこ》んで飲《の》み、歌《うた》い、踊《おど》りはじめた。キトリとバジルも手《て》を取《と》り合《あ》い、踊《おど》りながら話《はな》した。

「ここにはもう二度《にど》と帰《かえ》れないと思《おも》っていたわ。大好《だいす》きな友《とも》だちに囲《かこ》まれて、またバジルとこうして踊《おど》れるなんて夢《ゆめ》みたい。」

「そうだな。バルセロナは、ぼくたちの育《そだ》ったかけがえのない町《まち》だ。」

すべるようなステップで軽《かろ》やかに

踊《おど》るバジルに合《あ》わせて、キトリがつま先立《さきだ》ちでくるくると回《まわ》る。闘牛士《とうぎゅうし》のエスパーダがボレロをたくみに身《み》にまとわせ、ジプシーのメルセデスは長《なが》いスカートをひるがえしてフラメンコを踊《おど》る。

店内《てんない》が熱気《ねっき》と喜《よろこ》びに包《つつ》まれていた、そのときだった。

「バジル、キトリ！　かくれるんだ！」

窓《まど》の外《そと》を見《み》て、店主《てんしゅ》がさけんだ。

「ロレンツォとガマーシュが来《く》るぞ！」

バジルとキトリはあわてて店《みせ》のおくへにげこみ、キトリは酒《さか》だるのうしろへ、バジルは柱《はしら》のかげにかくれた。花売《はなう》りのむすめと闘牛士《とうぎゅうし》たちはずらりと並《なら》んで手《て》をつなぎ、キトリたちが見《み》えないようにとかべをつくった。

「あんなセンスの悪《わる》い貴族《きぞく》なんかに、キトリはわたさないぜ！」

「絶対《ぜったい》に、二人《ふたり》の愛《あい》を守《まも》りましょう！」

店《みせ》のドアが大《おお》きな音《おと》とともに勢《いきお》いよく開《ひら》き、ロレンツォが現《あらわ》れた。

「マスター！　キトリとバジルは来《き》ていないか？」

ロレンツォに続《つづ》いて、ガマーシュもずかずかと店《みせ》の中《なか》に入《はい》りこんできた。

「町《まち》へもどってきた二人《ふたり》を、見回《みまわ》りの兵《へい》が見《み》たと言《い》っていたぞ。この町《まち》のどこかにいるはずだ。」

客《きゃく》たちは知《し》らんぷり。店主《てんしゅ》が、とぼけたような顔《かお》で言《い》った。

「いやぁ、来《き》てないね。みんなも見《み》てないよな？」

客《きゃく》たちは、みな大《おお》きくうなずいた。

「知《し》らないな。」

「見《み》てないわよねぇ。」

ロレンツォとガマーシュは、疑《うたが》いのまなざしで店内《てんない》を見《み》わたしながら歩《ある》きはじめた。キトリは心臓《しんぞう》がドキドキして、ごくりと息《いき》をのんだ。

ロレンツォが、メルセデスの顔《かお》をのぞきこむようにしてたずねた。

「なあ、おじょうさん。あんた、キトリをどこかにかくしているんじゃないか？」

「あたしは知《し》らないよ。」

「ジプシーは情《じょう》に厚《あつ》いからな。二人《ふたり》をかわいそうに思《おも》って、にがそうとしてるんじゃないのか？　ええ？」

そのとき、柱《はしら》のほうからガターン！　と大《おお》きな音《おと》がした。バジルが、柱《はしら》に立《た》てかけてあった板《いた》をたおしてしまったのだ。

「バジル！　やっぱりここにいたな。人《ひと》のむすめを、さんざん連《つ》れ回《まわ》しやがって。キトリ！　いるんだろ、出《で》てこい!!」

ロレンツォはむすめたちをおしのけて店《みせ》のおくへ入《はい》っていき、たるのうしろにかくれていたキトリを見《み》つけた。

「きゃ――――!!」

キトリは思《おも》わず悲鳴《ひめい》を上《あ》げた。

「見《み》つけたぞ、キトリ。さあ、ここから出《で》るんだ。」

ロレンツォがキトリの腕《うで》をつかみ、キトリは引《ひ》きずり出《だ》されてしまった。

「いやよ、はなして!」

「おまえは、ガマーシュ様《さま》の妻《つま》になるんだ。」

いやがるキトリを、ロレンツォはさとすように言《い》った。

「あの貧《びん》ぼうな床屋《とこや》が、本当《ほんとう》におま

えを幸《しあわ》せにできるのか？　ガマーシュ様《さま》の妻《つま》になれば、なんの不自由《ふじゆう》もないぜいたくな暮《く》らしができるんだ。いいか、キトリ。父《とう》さんはおまえを愛《あい》している。おまえのために言《い》っているんだよ。」

そのとき、ガマーシュがロレンツォに、大《おお》きな皮《かわ》のふくろをわたして言《い》った。

「結婚《けっこん》の支度金《したくきん》、確《たし》かにわたしたぞ。」

ロレンツォはふくろを受《う》け取《と》ると、うれしそうに笑《え》みをうかべた。そして中身《なかみ》を確認《かくにん》すると、キトリに向《む》かって言《い》った。

「キトリ。これでおまえは、町一番《まちいちばん》の貴族《きぞく》ガマーシュ様《さま》の正式《せいしき》な妻《つま》だ。盛大《せいだい》な結婚《けっこん》式《しき》を挙《あ》げようじゃないか。」

「待《ま》って、父様《とうさま》。勝手《かって》に決《き》めないで……。」

そのときバジルがとつ然《ぜん》、ロレンツォたちの前《まえ》に立《た》ち、絶望《ぜつぼう》したような表情《ひょうじょう》で、声《こえ》をふるわせて言《い》った。

「……よくわかりました。確《たし》かに、ぼくは貧《びん》ぼうな床屋《とこや》です。お金《かね》でキトリを幸《しあわ》せにはできない。でもぼくは、キトリを愛《あい》しています。キトリといっしょになれないのなら、ぼくの人生《じんせい》に意味《いみ》はありません……。」

そう言《い》うとふところから、仕事道具《しごとどうぐ》のかみそりを取《と》り出《だ》した。

バジルの思《おも》いつめたようすに、キトリはうろたえた。

「バジル！　どうしたの？　それで一体《いったい》、何《なに》をしようと言《い》うの……？」

キトリと
結《むす》ばれない人生《じんせい》に
意味《いみ》なんてない。
だから……。
ぐるっ
こうするしか
ないんだ！
ドッ
バジル！

いや――っ、バジル!!
バジル! バジル! しっかりして!!
な……なんということを……。
……。
バジル、お願《ねが》い……。目《め》を開《あ》けて……!
キトリ。
!?

ささったふりをしてるだけだ。だいじょうぶ。ぼくに合《あ》わせて！
……！
わかったわ……！
バジル……。わたしを残《のこ》して、なぜ死《し》んでしまうの……。
バン
ああ……なんということだ。一足《ひとあし》おそかった……！
一体《いったい》、何《なに》が起《お》きたんですかいこりゃ……。
まさか、こんなことになるなんて……。

ううう……

わたしがあなたといっしょになれていたら……。

城主《じょうしゅ》どの。

バッ
彼《かれ》はむすめさんを死《し》ぬほど愛《あい》していたのですぞ。

せめてかわいそうな二人《ふたり》のために……。

形《かたち》だけでも、二人《ふたり》の結婚《けっこん》を認《みと》めてやることが彼《かれ》への手向《たむ》けなのではござらんか。

お願《ねが》い、父様《とうさま》。

せめて、証《あかし》を残《のこ》したいの。形《かたち》だけでもいいから、わたしがバジルの妻《つま》になることを認《みと》めて。

結婚《けっこん》を許《ゆる》して くれないのなら…… わたしも 死《し》ぬしかありません。
わかったよキトリ。 結婚《けっこん》を認《みと》めるよ……。
……おれが 悪《わる》かった……。

パチッ
やった――!!
やったわね
バジル!!
がばっ!
!?
びっくりした?
血《ち》みたいに見《み》えたのは
店《みせ》のものをちょっと
借《か》りたんだよ。
びっくりしたわ、もう
バジルったら――!!
ポカポカ

愛《あい》し合《あ》う二人《ふたり》を引《ひ》きさくことは、何者《なにもの》にも不可能《ふかのう》だというとだな。

あのおじょうちゃんも、なかなか役者《やくしゃ》でしたね。

お……おまえら～！よくも大《おお》うそつきやがったな!!

こんなものは無効《むこう》だ！結婚《けっこん》なんかおれは認《みと》めないぞ！

父様《とうさま》！

城主《じょうしゅ》どの。

ぐぐ…

これ以上《いじょう》は無理《むり》というものですぞ。若者《わかもの》たちの美《うつく》しき愛《あい》。認《みと》めてやるのが親《おや》でござろう。

お父《とう》さん。どうか……お願《ねが》いします。
キィ……
おまえたちには負《ま》けたよ……。
結婚《けっこん》でもなんでも、好《す》きにしろ!!

父様《とうさま》!!
ありがとう!!
それでこそ、一城《いちじょう》の主《あるじ》ですぞ。
結婚式《けっこんしき》!
こりゃ、ごちそうの予感《よかん》がするぞ!

大団円《だいだんえん》

それから二日後《ふつかご》の晴《は》れた日《ひ》。

バルセロナの広場《ひろば》で、キトリとバジルの結婚式《けっこんしき》が行《おこな》われた。広場《ひろば》はたくさんの花《はな》に包《つつ》まれ、色《いろ》とりどりのドレスを着《き》た町《まち》のむすめたちではなやいでいた。式《しき》に招《まね》かれたドン・キホーテとサンチョ・パンサも、楽《たの》しそうな若者《わかもの》たちのようすをながめながら、満面《まんめん》の笑《え》みをうかべていた。

真《ま》っ白《しろ》なドレスに身《み》を包《つつ》んだキトリが現《あらわ》れると、かん声《せい》がわき起《お》こった。

「キトリ、おめでとう！　なんてきれいな

の！」

「世界一《せかいいち》、美《うつく》しい花《はな》よめだわ！」

ギターやタンバリンの音《おと》が鳴《な》りひびき、闘牛士《とうぎゅうし》たちの真《ま》っ赤《か》なマントや、踊《おど》り子《こ》たちのドレスやせんすがはなやかに舞《ま》う。

キトリとバジルのダンスがはじまると、熱気《ねっき》は最高潮《さいこうちょう》に達《たっ》した。キトリがくるくると軽《かろ》やかに回《まわ》り、バジルははじけるようにジャンプを決《き》める。バジルがキトリを高《たか》くだき上《あ》げると、キトリはせんすを大《おお》きく広《ひろ》げた。

大《だい》かん声《せい》が上《あ》がり、盛大《せいだい》なはく手《しゅ》が町中《まちじゅう》

にひびきわたった。

踊《おど》り終《お》えたキトリとバジルは、ていねいにおじぎをすると、ドン・キホーテの前《まえ》に歩《ある》いていった。

「ドン・キホーテさん。わたしたちを助《たす》けてくださって、本当《ほんとう》にありがとうございました。無事《ぶじ》にバジルと結婚《けっこん》できたのは、あなたのおかげです。」

キトリがそう言《い》うと、ドン・キホーテは満足《まんぞく》そうに、大《おお》きくうなずいて言《い》った。

「人《ひと》は困難《こんなん》の果《は》てに、かけがえのないものを手《て》にするのです。すべてはあなた方《がた》がその手《て》でつかみ取《と》ったもの。幸《しあわ》せに暮《く》らしなされ。」

「いやあ、めでたいめでたい！」

サンチョ・パンサは口《くち》いっぱいに食《た》べ物《もの》をつめこみながら、二人《ふたり》の門出《かどで》にエールを送《おく》った。

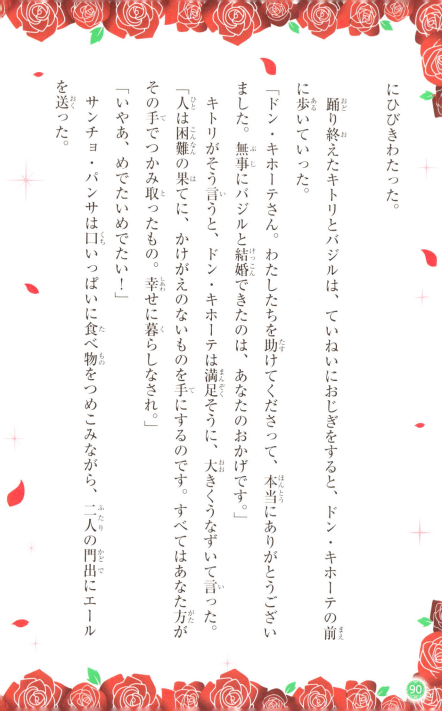

二人《ふたり》の結婚《けっこん》にあれほど反対《はんたい》していたロレンツォも、キトリの美《うつく》しい花《はな》よめ姿《すがた》に感《かん》極《きわ》まり、声《こえ》を上《あ》げて泣《な》いている。

「騎士様《きしさま》。このたびは、わたしのおろかな行《おこな》いをいさめてくださって、礼《れい》を申《もう》します。キトリの母親《ははおや》を亡《な》くしてからというもの、男手一《おとこでひと》つで育《そだ》ててきましたが、こんなに幸《しあわ》せそうなキトリを見《み》るのははじめてかもしれません。せこい宿屋《やどや》にとついで苦労《くろう》させた母親《ははおや》を思《おも》うと、キトリには楽《らく》をさせてやりたかった。でも、おれの考《かんが》えちがいだったって、ようやくわかりました。」

ロレンツォは、ドン・キホーテの席《せき》にワインや食《た》べ物《もの》を次々《つぎつぎ》に運《はこ》ばせた。

「わたしには子《こ》はおりませんが、たった一人《ひとり》のむすめを想《おも》う城主《じょうしゅ》どのの気持《きも》ちは、よくわかりますぞ。」

「うわ〜、うまそう！　こんなごちそう、生《う》まれてはじめてでさぁ！」

サンチョ・パンサはよだれを垂《た》らしながら言《い》った。

ガマーシュが、ワインを持《も》ってドン・キホーテたちの席《せき》へやってきた。

「あんたはずいぶん変《か》わったご老人《ろうじん》だが、いろいろと教《おし》えてもらったよ。」

「貴族《きぞく》どのこそ、この式《しき》は貴族《きぞく》どのの力《ちから》ぞえで開《ひら》かれたとか。なかなか、できることではありませんぞ。」

ワインを飲《の》み干《ほ》したガマーシュに、花売《はなう》りむすめたちが手招《てまね》きをした。

「貴族《きぞく》さん。いっしょに踊《おど》りましょうよ！」

ガマーシュは少《すこ》し照《て》れながら、輪《わ》の中《なか》に入《はい》って踊《おど》りはじめた。

踊《おど》りつかれて席《せき》にもどったキトリのとなりで、バジルがギターを鳴《な》らしながら言《い》った。

「バルセロナで一番《いちばん》きれいなおよめさんをもらえて、幸《しあわ》せだなぁ。」

一波乱乗《ひとはらんの》りこえて、のん気《き》そうに言《い》うバジルを見《み》ながら、キトリは言《い》った。

「本当《ほんとう》に調子《ちょうし》がいいんだから。でも、そういうあなたが好《す》きよ。」
キトリはバジルの手《て》に自分《じぶん》の手《て》のひらを重《かさ》ね、口《くち》づけして言《い》った。
「ずっとそばにいてね。」

新《あら》たなぼうけんの旅《たび》へ

ドン・キホーテが、槍《やり》をにぎりしめて立《た》ち上《あ》がった。

「サンチョ、いつまで食《く》っておるのだ。さあ、行《い》くぞ。」

「えっ？　どこへですか？」

骨付《ほねつ》きの肉《にく》をくわえたサンチョ・パンサが、きょとんとした顔《かお》で言《い》った。

「決《き》まっておるだろう。悪《あく》をたおし正《ただ》しき者《もの》を救《すく》う、我々《われわれ》の旅《たび》だ。」

「えーっ。まだ、食《た》べ物《もの》がこんなにあるのにっ！」

サンチョ・パンサは、テーブルの上《うえ》の食《た》べ物《もの》におおいかぶさりながら言《い》った。

広場《ひろば》のすみで、バジルがロレンツォのグラスにワインを注《そそ》いでいた。ばつが悪《わる》そうにバジルの酒《さけ》を受《う》けるロレンツォを見《み》ながら、ドン・キホーテが言《い》った。

「我々《われわれ》の役目《やくめ》はすんだのだ。こうしている間《あいだ》にも、困《こま》っているだれかが我々《われわれ》を待《ま》っている。」

「いや、でも。もうちょっとだけ……。」

サンチョ・パンサは食《た》べ物《もの》をかき集《あつ》めて、口《くち》の中《なか》へ放《ほう》りこむ。そんなサンチョ・パンサに構《かま》わず、ドン・キホーテはおたけびを上《あ》げた。

「おお、愛《いと》しのドゥルシネア姫《ひめ》！　今《いま》、まいりますぞ！」

「だんな、まだそれ言《い》ってるんですか？　きれいな女《おんな》の人《ひと》なら、だれでもいいんじゃないですか……って、だんな。待《ま》ってくだせえ！」


ドン・キホーテは折《お》れた槍《やり》をたずさえて、やせ馬《うま》のロシナンテにまたがった。

サンチョ・パンサは仕方《しかた》なく、口《くち》の中《なか》にたくさんの食《た》べ物《もの》をほおばったまま、足《あし》の短《みじか》いロバに乗《の》り、バルセロナの町《まち》をあとにした。

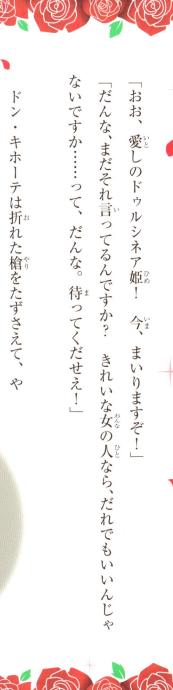

作品《さくひん》について知《し》ろう！

ふり付《つ》け師《し》プティパとスペイン

バレエ「ドン・キホーテ」は、ふり付《つ》けを担《にな》ったマリウス・プティパが若《わか》き日《ひ》にスペインで暮《く》らした経験《けいけん》が強《つよ》く反映《はんえい》されています。スペインの舞踊《ぶよう》にみせられ、各地《かくち》の民族舞踊《みんぞくぶよう》を学《まな》んだプティパは、それを後年《こうねん》、バレエの構成《こうせい》に取《と》り入《い》れたのでした。

物語《ものがたり》の2つの展開《てんかい》

バレエ「ドン・キホーテ」には、今回《こんかい》の物語《ものがたり》とはちがう展開《てんかい》になるものがあります。もう１つの展開《てんかい》では、ドン・キホーテが風車《ふうしゃ》にいどんで気絶《きぜつ》したあと、公爵夫妻《こうしゃくふさい》に助《たす》けられ、キトリたちは公爵《こうしゃく》の館《やかた》で結婚式《けっこんしき》を挙《あ》げます。

バレエ「ドン・キホーテ」について

原作《げんさく》について

スペインの作家《さっか》セルバンテスの同名小説《どうめいしょうせつ》が原作《げんさく》です。バレエ版《ばん》は、キトリとバジルのお話《はなし》を中心《ちゅうしん》に、原作《げんさく》からいくつかのエピソードを盛《も》りこんで構成《こうせい》されています。

音楽《おんがく》について

「ドン・キホーテ」の音楽《おんがく》は、１９世紀《せいき》のロシアで活《かつ》やくした作曲家《さっきょくか》レオン・ミンクスが作曲《さっきょく》しました。現在《げんざい》も、ミンクスの重厚《じゅうこう》で軽快《けいかい》な音楽《おんがく》とともに上演《じょうえん》されています。

バレエ初演《しょえん》について

１８６９年《ねん》にロシア・モスクワのボリショイ劇場《げきじょう》で初演《しょえん》。フランス出身《しゅっしん》のバレエふり付《つ》け師《し》マリウス・プティパが構成《こうせい》し、その後《ご》もアレンジが加《くわ》えられながら、現在《げんざい》まで公演《こうえん》されています。

＜参考文献《さんこうぶんけん》＞

・『ドン・キホーテ』牛島信明《うしじまのぶあき》訳《やく》、岩波文庫《いわなみぶんこ》、2001年《ねん》

・DVD『ドン・キホーテ』アメリカン・バレエ・シアター、1983年《ねん》公演《こうえん》

ジゼル

もくじ

登《とう》場《じょう》人《じん》物《ぶつ》紹《しょう》介《かい》

物語《ものがたり》の中心《ちゅうしん》となるキャラクターを紹《しょう》介《かい》します。

ジゼル

農村《のうそん》に住《す》むむすめ。踊《おど》ることが大好《だいす》きで明《あか》るい性格《せいかく》だが、心《しん》臓《ぞう》が弱《よわ》い。農園《のうえん》の手《て》伝《つだ》いをしながら、母《はは》と暮《く》らしている。

ヒラリオン

ジゼルの幼《おさな》なじみの森番《もりばん》。ジゼルに想《おも》いを寄《よ》せているが、ジゼルには友《とも》だちと思《おも》われている。

ロイス

ジゼルの住《す》む村《むら》に最《さい》近《きん》姿《すがた》を現《あらわ》すようになった男《おとこ》。ジゼルの家《いえ》の向《む》かいの小屋《こや》に出《で》入《い》りしている。

第《だい》1章《しょう》 ジゼルとロイス

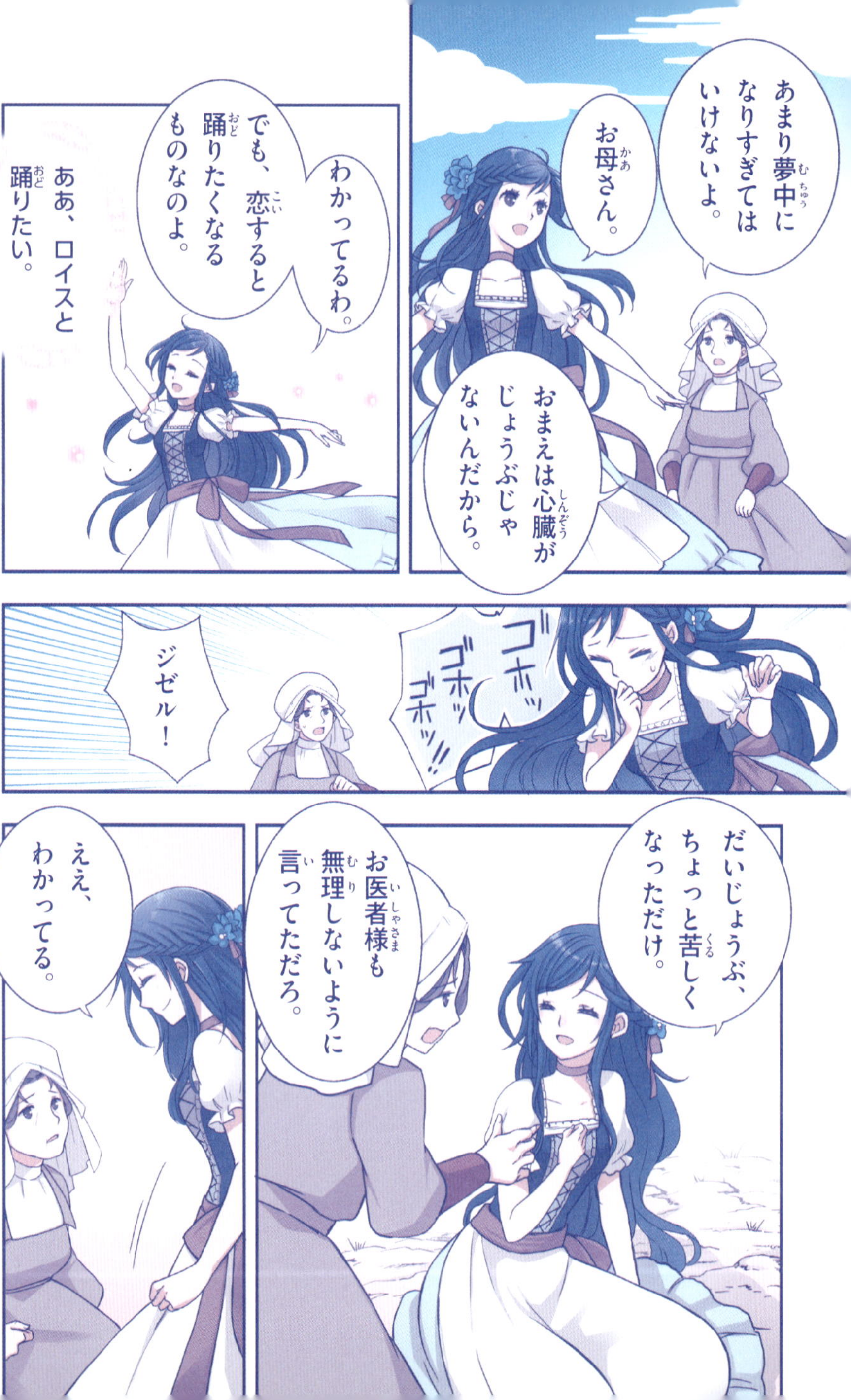

あまり夢中《むちゅう》になりすぎてはいけないよ。
お母《かあ》さん。
おまえは心臓《しんぞう》がじょうぶじゃないんだから。
わかってるわ。
でも、恋《こい》すると踊《おど》りたくなるものなのよ。
ああ、ロイスと踊《おど》りたい。
ゴホッ
ゴホッ
ゴホッ!!
ジゼル!
だいじょうぶ、ちょっと苦《くる》しくなっただけ。
お医者様《いしゃさま》も無理《むり》しないように言《い》ってただろ。
ええ、わかってる。

踊《おど》ってばかりいると、ウィリになってしまうよ。
ウィリ？
この村《むら》に伝《つた》わる伝説《でんせつ》さ。
結婚前《けっこんまえ》に死《し》んだむすめは精霊《せいれい》になって、
夜中《よなか》、森《もり》へ来《き》た男《おとこ》を死《し》ぬまで踊《おど》らせるんだ。
まあこわい！でも平気《へいき》よ。
生《い》きていようが死《し》んでいようが、わたしは踊《おど》るわ。
何《なに》言《い》ってるんだい。
だってロイスがいれば、何《なに》もこわくないもの。

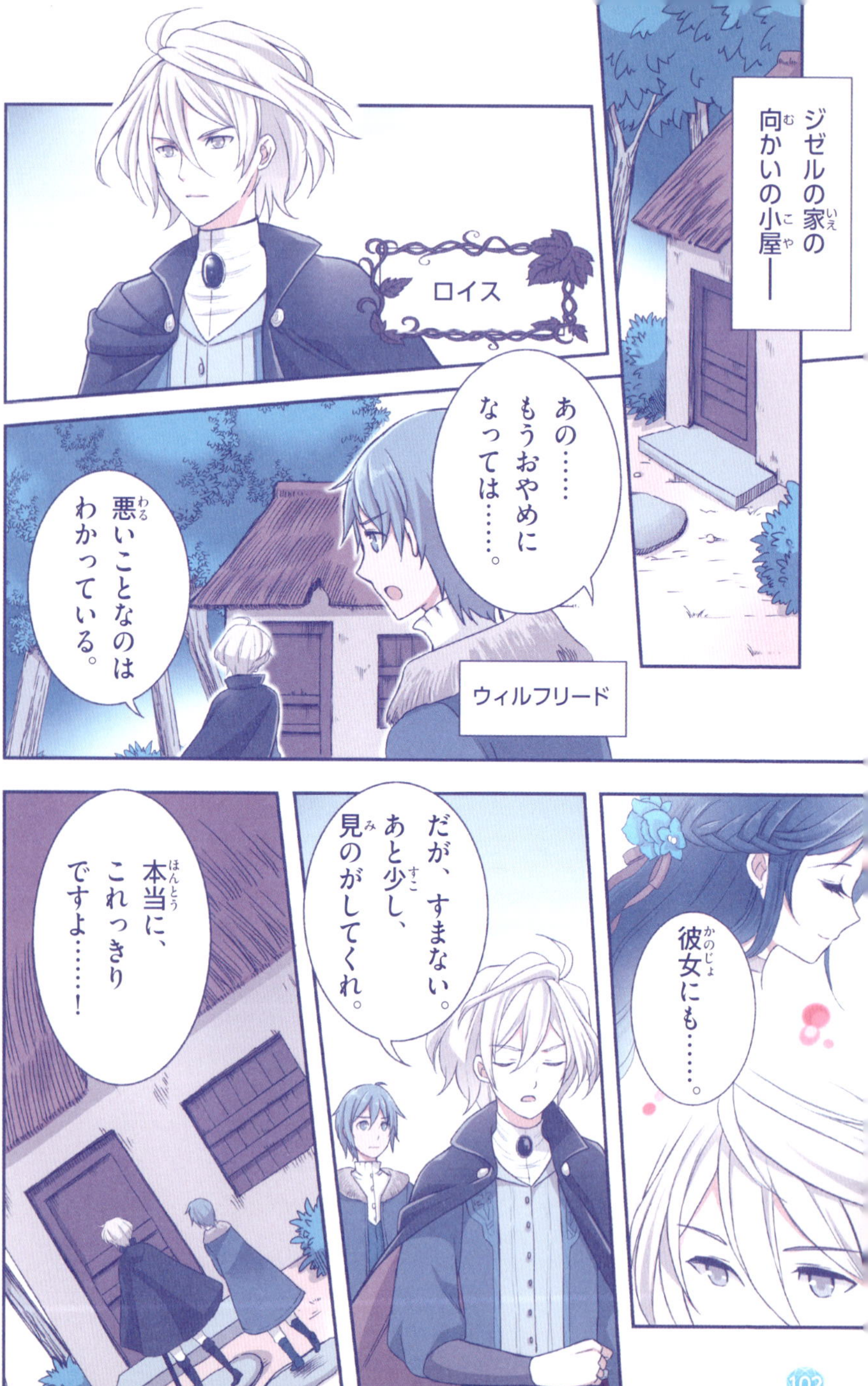
ジゼルの家《いえ》の向《む》かいの小屋《こや》――
ロイス
あの……もうおやめになっては……。
ウィルフリード
悪《わる》いことなのはわかっている。
彼女《かのじょ》にも……。
だが、すまない。あと少《すこ》し、見《み》のがしてくれ。
本当《ほんとう》に、これっきりですよ……！

こんにちは、おばさん。
これさっきとれたやつ。
まあ、いつもすまないね。
いえ、ジゼルにもぜひ。
ヒラリオン
ありがとう。ジゼルに会《あ》っていくかい？
カーーッ
いいです、また今度《こんど》。
あれは……
あの男《おとこ》、またジゼルに会《あ》いにきたのか。

相手《あいて》の男《おとこ》は
ずいぶんいい
身《み》なりだな。
とつ然《ぜん》村《むら》に
出《で》入《い》りするように
なったが……。
何者《なにもの》
なんだ……？
コンコン
ガチャ
……！
ロイス!!

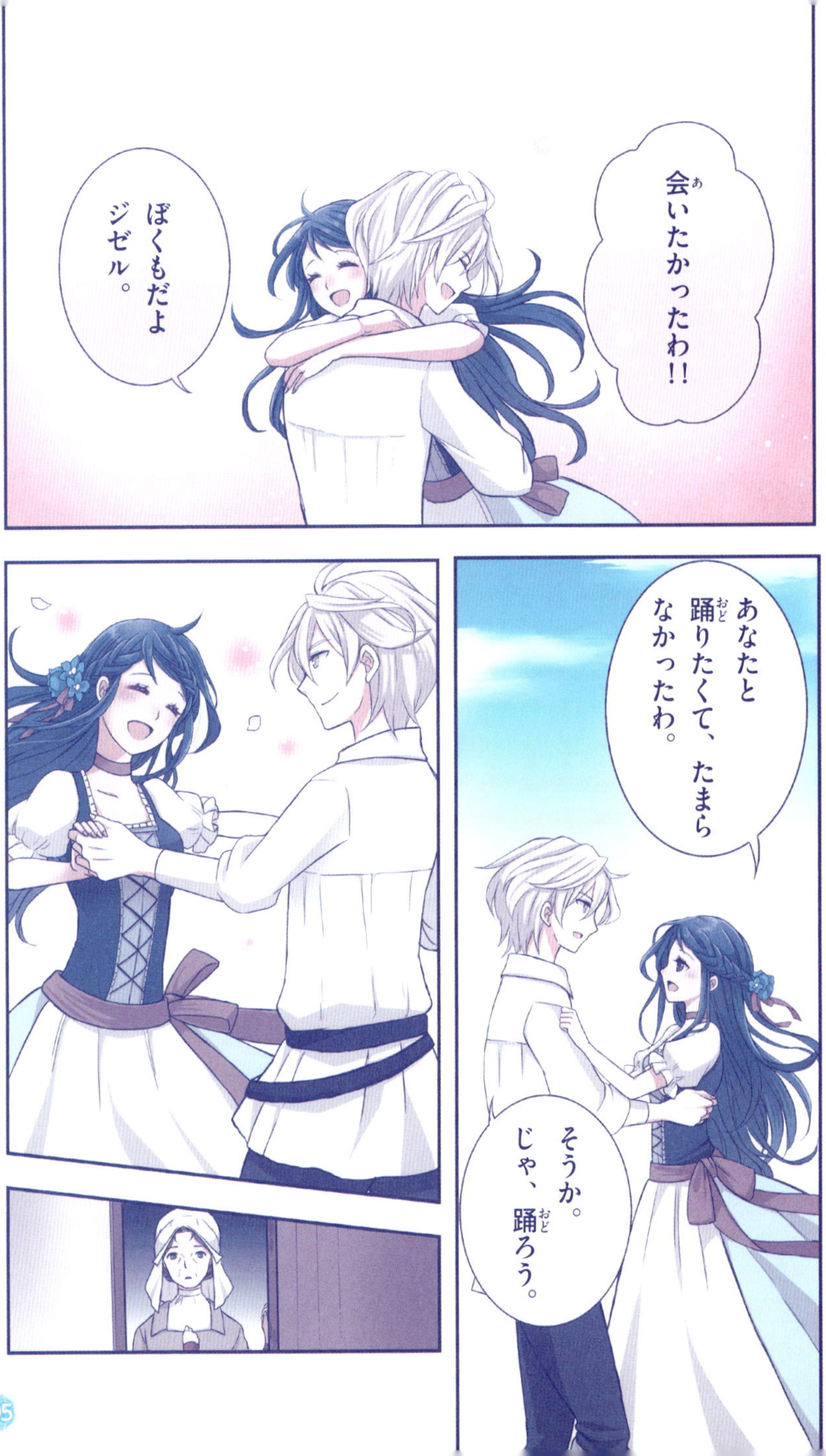
会《あ》いたかったわ!!
ぼくもだよ　ジゼル。
あなたと踊《おど》りたくて、たまらなかったわ。
そうか。じゃ、踊《おど》ろう。

昨日《きのう》、夢《ゆめ》を見《み》たわ。あなたにわたし以外《いがい》の女性《じょせい》がいた夢《ゆめ》。
美《うつく》しい貴婦人《きふじん》だった。
でも、ただの夢《ゆめ》よね。そうでしょ？
きみ以外《いがい》の人《ひと》を愛《あい》することなんてないよ。
ああよかった！
あなたを失《うしな》ったらわたし、死《し》んじゃうかもしれないもの。
マーガレットの花《はな》うらない、
試《ため》してみましょうよ。

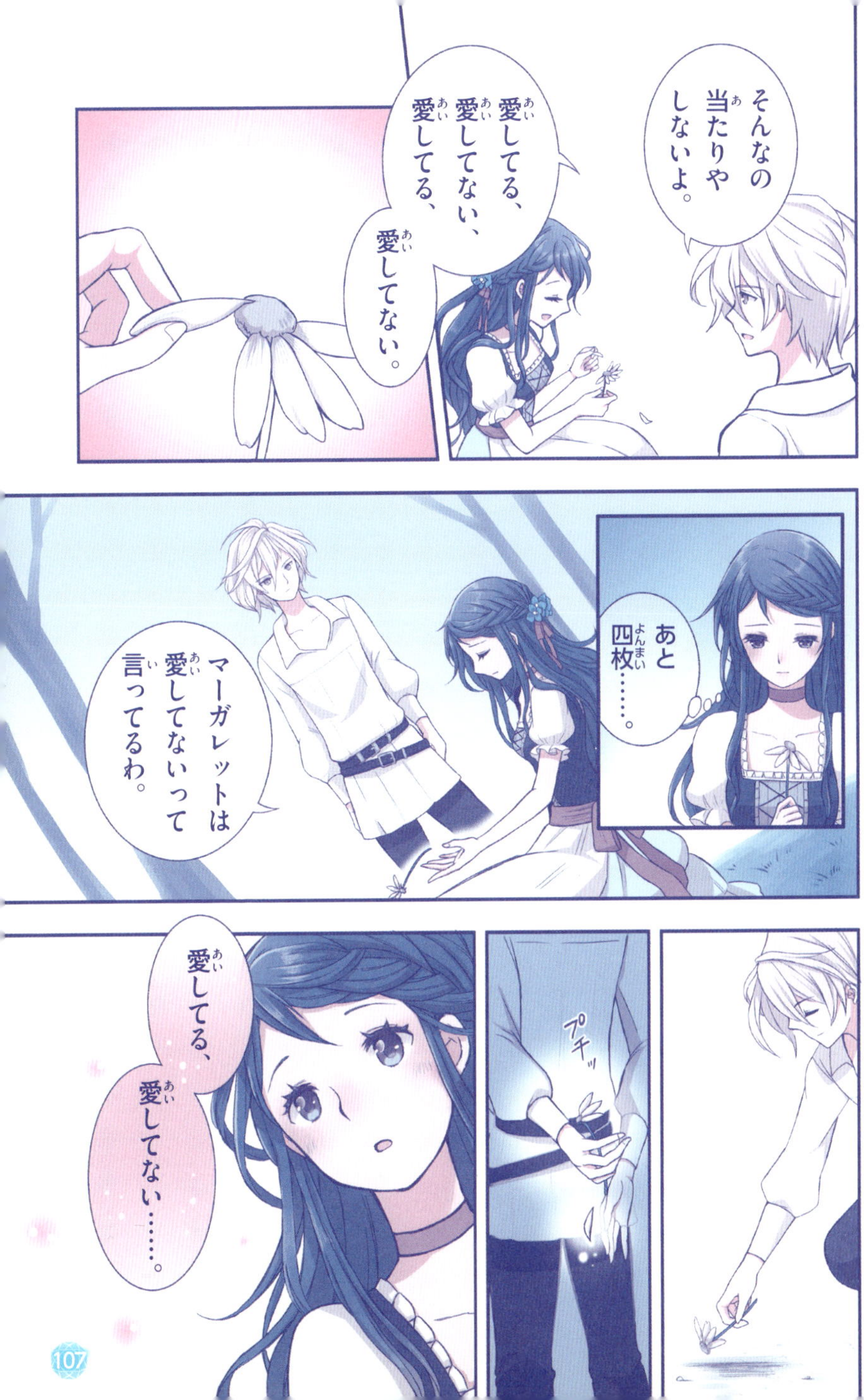
そんなの当《あ》たりやしないよ。
愛《あい》してる、愛《あい》してない、愛《あい》してる、
愛《あい》してない。
あと四枚《よんまい》……。
マーガレットは愛《あい》してないって言《い》ってるわ。
プチッ
愛《あい》してる、
愛《あい》してない……。

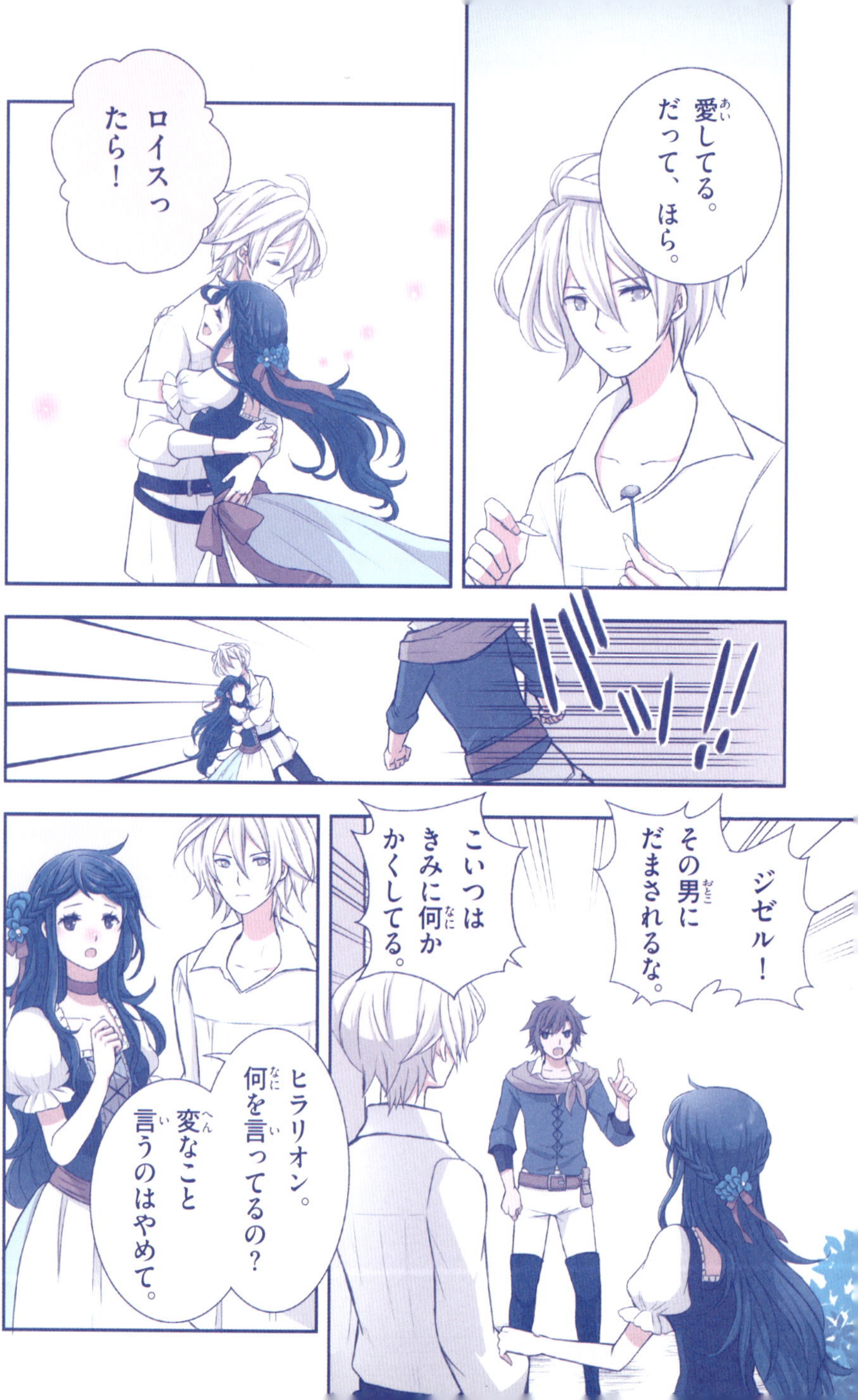
愛《あい》してる。だって、ほら。
ロイスったら！
ガッ!!
ジゼル！
その男《おとこ》にだまされるな。
こいつはきみに何《なに》かかくしてる。
ヒラリオン。何《なに》を言《い》ってるの？変《へん》なこと言《い》うのはやめて。

そいつより
ぼくのほうが、
ずっときみを
想《おも》っている。
ごめんなさい
ヒラリオン。
あなたは
大切《たいせつ》なお友《とも》だちよ。
だけど……。
だれを愛《あい》すかは
ジゼルが決《き》める
ことだ。
ふられた
女性《じょせい》にいつまでも
つきまとうなよ。
おまえは……
ジゼルと結婚《けっこん》
するのか？
それは……。
どうなんだ？

……。
できないんだろ。
やっぱり何《なに》か
かくしているんだ。
ロイス……？
するとも。
え？
ジゼルと
結婚《けっこん》するよ。
ロイス、
本当《ほんとう》に？
ああ、
ぼくはきみを
妻《つま》にしたい。

信《しん》じられない！
夢《ゆめ》みたいだわ。
ギリッ
絶対《ぜったい》に正体《しょうたい》を
あばいてやる
からな……!!
ジゼル～！
泣《な》いてるじゃ
ない。
どうしたの？
ちがうの、
実《じつ》は……。
結婚《けっこん》!?
ロイスさんと!?
わあっ

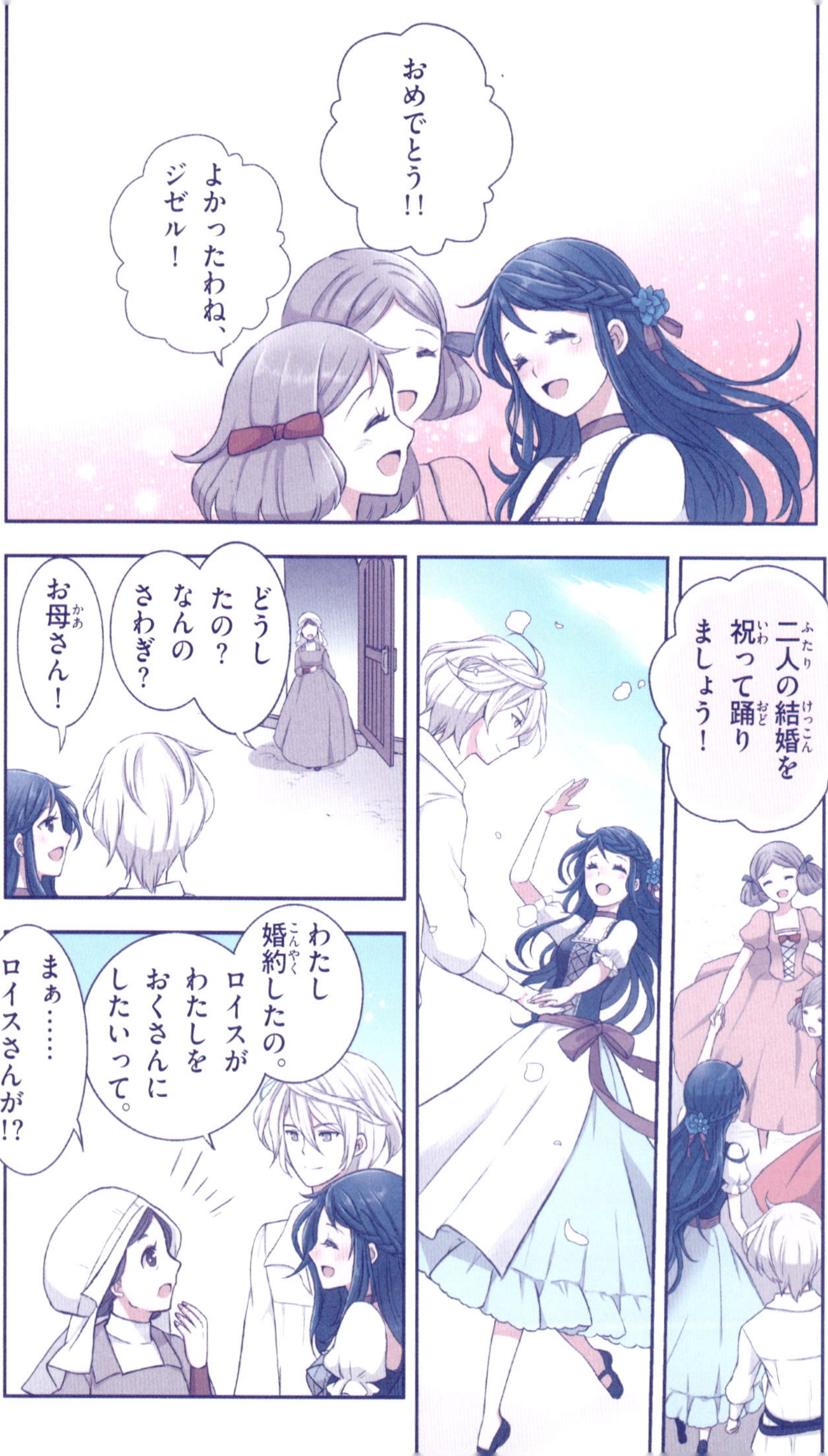
おめでとう!!
よかったわね、ジゼル！
二人《ふたり》の結婚《けっこん》を祝《いわ》って踊《おど》りましょう！
どうしたの？なんのさわぎ？
お母《かあ》さん！
わたし婚約《こんやく》したの。ロイスがわたしをおくさんにしたいって。
まぁ……ロイスさんが!?

そうかい。よかったねジゼル。
本当《ほんとう》によかった。
ロイスのおくさんになれる――。
こんな幸《しあわ》せなことないわ……。

第《だい》2章《しょう》

収《しゅう》穫《かく》祭《さい》の出《で》来《き》事《ごと》

村《むら》に来《き》たお姫様《ひめさま》

友人《ゆうじん》たちが帰《かえ》っていくと、遠《とお》くから笛《ふえ》のような音《おと》が聞《き》こえてきた。

「あれは……なんの音《おと》かしら？」

ジゼルが耳《みみ》をすますと、母親《ははおや》のベルタが答《こた》えた。

「あれは角笛《つのぶえ》の音《おと》だよ。近《ちか》くで、貴族《きぞく》が狩《か》りをしているのさ。」

そのとき、ロイスが急《きゅう》にあわてたように、

帰《かえ》るそぶりをしはじめた。

「えっと、ぼくは仕事《しごと》がまだ残《のこ》っているから……。」

とつ然《ぜん》のことにジゼルはがっかりすると同時《どうじ》に、どこか不思議《ふしぎ》に思《おも》った。ロイスはいつも落《お》ち着《つ》いていて、あせるようなところは見《み》たことがなかったからだ。

「そうなのね、残念《ざんねん》だわ。今日《きょう》は午後《ごご》から収穫祭《しゅうかくさい》があるでしょ。いっしょに行《い》けたらと思《おも》ったのだけど。」

「ああ、そうだったね。仕事《しごと》がすんだら行《い》くよ。」

ジゼルはそれを聞《き》くと笑顔《えがお》になって、去《さ》っていくロイスを見送《みおく》った。そして、家《いえ》の中《なか》に入《はい》っていった。

ロイスは、近《ちか》づいてくる角笛《つのぶえ》の音《おと》を気《き》にするように、辺《あた》りを見回《みまわ》しながら去《さ》っていった。そのようすを、ヒラリオンが物《もの》かげから見《み》ていた。

しばらくして、角笛《つのぶえ》の音《おと》が鳴《な》り止《や》んだ。

「近《ちか》くで音《おと》が止《や》んだわ。貴族《きぞく》が村《むら》にやってきたのかしら？」

好奇心《こうきしん》おう盛《せい》なジゼルは、採《と》れたてのぶどうを洗《あら》いながらベルタに聞《き》いた。

「クールラント大公様《たいこうさま》が、おじょう様《さま》のバチルド姫《ひめ》といっしょにいらっしゃったんだろう。そういえば、ジゼルはまだお会《あ》いしたことがなかったね。」

バチルド姫《ひめ》のうわさは、ジゼルも聞《き》いたことがあった。なにしろ、この辺《あた》り一帯《いったい》の広大《こうだい》な土地《とち》を治《おさ》めるクールラント大公国《たいこうこく》のおじょう様《さま》だ。しかも、だれもがうらやむ美《うつく》しさなのだと。

「ひと目《め》お会《あ》いしてみたいわ。お母《かあ》さん、ちょっと行《い》ってくる！」

ジゼルが外《そと》に出《で》ると、広場《ひろば》には多《おお》くの貴族《きぞく》や貴婦人《きふじん》、槍《やり》をもった狩人《かりゅうど》たちがずらりと並《なら》んでいた。狩《か》りをするためのタカを腕《うで》に乗《の》せた者《もの》もいる。

その中心《ちゅうしん》で、クールラント大公《たいこう》がひと際目立《きわめだ》つ黒《くろ》い馬《うま》から降《お》り、美《うつく》しいバチルド姫《ひめ》が馬車《ばしゃ》から降《お》りてくるところだった。

ジゼルは、バチルド姫《ひめ》の姿《すがた》に思《おも》わず目《め》をうばわれた。

「なんてきれいな人《ひと》……。」

たっぷりとしたドレスを着《き》たバチルド姫《ひめ》は、まるでおとぎ話《ばなし》に出《で》てくるお姫様《ひめさま》のようだった。首《くび》には、黄金《おうごん》のくさりと大《おお》つぶのルビーがキラキラと光《ひか》るネックレス、頭《あたま》には金《きん》のふさかざりと白《しろ》い羽根《はね》がたっぷりとゆれる、ごうかなぼうしを身《み》に着《つ》けている。ジゼルはその美《うつく》しさとかがやきに、思《おも》わずため息《いき》をもらした。

大公《たいこう》の従者《じゅうしゃ》が、村人《むらびと》たちに言《い》った。

「狩《か》りのと中《ちゅう》に立《た》ち寄《よ》ったのだが、大公様《たいこうさま》とバチルドおじょう様《さま》を少《すこ》し休《やす》ませてもらえないか？　この暑《あつ》さで、ずいぶんおつかれになっている。」

従者《じゅうしゃ》はあせをぬぐいながら、ジゼルのほうを見《み》た。

「きみの家《いえ》はこの近《ちか》くかね？　大公様《たいこうさま》とおじょう様《さま》を休《やす》ませてもらえないか。」

「は、はい。今《いま》、母《はは》に伝《つた》えてきます。」

ジゼルは急《いそ》いで家《いえ》にいたベルタに伝《つた》え、もてなしの準備《じゅんび》をした。庭《にわ》の木《こ》かげにテーブルといすを並《なら》べ、洗《あら》いたてのテーブルクロスをしき、その上《うえ》にミルクや果物《くだもの》を運《はこ》んだ。

「クールラント大公様《たいこうさま》、バチルドおじょう様《さま》。ようこそ、わが村《むら》へ。」

ひざを曲《ま》げてあいさつをするベルタに続《つづ》いて、ジゼルも深々《ふかぶか》とおじぎをした。

「さあ、どうぞ。おかけになってください。」

ジゼルがテーブルに案内《あんない》すると、バチルド姫《ひめ》がジゼルに向《む》かってほほ笑《え》んだ。

「どうもありがとう。」

大公《たいこう》とバチルド姫《ひめ》はいすに座《すわ》ってほっと息《いき》をつき、ミルクに口《くち》をつけた。

ジゼルはバチルド姫《ひめ》のうしろに立《た》ち、その美《うつく》しいドレスに見《み》とれていた。

（なんてすてきなドレスなのかしら……。）

ジゼルはひざまずき、きらきらと光《ひか》るドレスのスカートをじっとながめた。好奇心《こうきしん》が止《と》められないジゼルは、ねこのようにかがみこみ、指先《ゆびさき》でそっとスカートのすそにふれようとした。

「こら、むすめ。何《なに》をしておるか。」

大公《たいこう》の従者《じゅうしゃ》が、ぴしゃりと言《い》い放《はな》った。

「あっ、ごめんなさい！」

夢中《むちゅう》になっていたジゼルは、はっと我《われ》に返《かえ》った。

「あまりにも美《うつく》しいドレスで、つい見《み》とれてしまって……。」

ジゼルが正直《しょうじき》に言《い》うと、バチルド姫《ひめ》は花《はな》がさくように笑《わら》った。

「構《かま》いませんわ。あなた、お名前《なまえ》は？」

無邪気《むじゃき》なジゼルに、バチルド姫《ひめ》はひかれたのだった。

思《おも》いがけないプレゼント

「は、はい。ジゼルと申《もう》します。」

ジゼルがきん張《ちょう》して答《こた》えると、バチルド姫《ひめ》はたずねた。

「ジゼル。わたくしはバチルドよ。あなた、ふだんはどんなことをしているの？」

「母《はは》と布《ぬの》を織《お》ったり、農園《のうえん》で果物《くだもの》を採《と》って暮《く》らしています。」

ジゼルは、きらびやかなバチルド姫《ひめ》の姿《すがた》に目《め》をチカチカさせた。

「あら、それでわたくしのドレスに興味《きょうみ》があったのね。そのお仕事《しごと》が、お好《す》きなのね。」

「ええ、でも、それよりわたしは踊《おど》ることが大好《だいす》きなんです。」

ジゼルはそう言《い》うとバチルド姫《ひめ》の前《まえ》で、得意《とくい》のステップをふんで見《み》せた。そしてスカートのすそをつまむと、軽《かる》くひざを曲《ま》げておじぎをした。

「まあ、すてき！　うらやましいわ。わたくしのドレスは重《おも》たくて、そんなふうに軽《かろ》やかに踊《おど》れないもの。」

ジゼルはおどろいた。貴族《きぞく》のおじょう様《さま》から「うらやましい」と言《い》われるなんて、夢《ゆめ》にも思《おも》わなかったのだ。

楽《たの》しそうなようすでジゼルを見《み》つめるバチルド姫《ひめ》に、ベルタが言《い》った。

「この子《こ》は何《なに》よりも踊《おど》ることが好《す》きなんですよ。それが生《い》きがいなんです。」

バチルド姫《ひめ》は、さらにジゼルに質問《しつもん》をした。

「ジゼル。恋人《こいびと》はいるの？」

「ええ。向《む》かいの小屋《こや》に、最近《さいきん》住《す》みはじめた農夫《のうふ》です。いそがしくて、あまり会《あ》えないのですが……。でも、実《じつ》は今日《きょう》、結婚《けっこん》の約束《やくそく》をしたんです。」

ジゼルははずかしそうに、顔《かお》を赤《あか》らめながら言《い》った。すると、バチルド姫《ひめ》がはずむような声《こえ》で答《こた》えた。

「そうなの。おめでとう、ジゼル。わたくしも婚約者《こんやくしゃ》がいるのよ。同《おな》じね。」

二人《ふたり》はうれしそうにほほ笑《え》んだ。バチルド姫《ひめ》は思《おも》いついたように、自分《じぶん》の首《くび》から下《さ》げているルビーのネックレスを外《はず》し、ジゼルに差《さ》し出《だ》した。

「これ、あなたにプレゼントするわ。」

ジゼルはおどろいて、首《くび》を横《よこ》にふった。

「そんな高価《こうか》なもの……、受《う》けとれません！」

「いいのよ。あなたの結婚《けっこん》のお祝《いわ》いに。そして、わたくしたちの友情《ゆうじょう》の証《あかし》に。」

バチルド姫《ひめ》は、ジゼルの首《くび》にネックレスをかけた。

ジゼルは首《くび》に、ずっしりとした重《おも》みを感《かん》じた。胸元《むなもと》でかがやくルビーのまばゆさは、目《め》がくらむほどだった。

「ありがとうございい

ます……、一生《いっしょう》、大切《たいせつ》にします。」

ベルタも、バチルド姫《ひめ》に心《こころ》からの礼《れい》を伝《つた》えた。そして、せいいっぱいもてなそうと、家《いえ》の中《なか》へ入《はい》ってもらうようにすすめた。

「せまい家《いえ》ですが、どうぞ中《なか》でパイでもめし上《あ》がってください。」

「大公様《たいこうさま》もぜひ、中《なか》へどうぞ。」

ジゼルも続《つづ》いてすすめたので、バチルド姫《ひめ》は立《た》ち上《あ》がった。

「お父様《とうさま》。お言葉《ことば》にあまえて、おじゃまさせていただきましょう。」

「ああ、そうさせてもらおうか。」

大公《たいこう》は、お供《とも》の貴族《きぞく》や狩人《かりゅうど》たちに狩《か》りを続《つづ》けるよう指示《しじ》した。

「わたしがこの角笛《つのぶえ》を鳴《な》らしたら、狩《か》りを止《や》めてすぐここへもどってくるように。」

そう告《つ》げると、角笛《つのぶえ》をジゼルの家《いえ》の戸口《とぐち》につるし、中《なか》へ入《はい》っていった。

ジゼルはふと、向《む》かいにあるロイスの小屋《こや》に目《め》をやった。小屋《こや》の前《まえ》から、こちらをじっと見《み》ている者《もの》がいる。ヒラリオンだった。

（ヒラリオン……？　なぜあんなところに立《た》っているのかしら？）

ヒラリオンは、大公《たいこう》が戸口《とぐち》にかけた角笛《つのぶえ》をじっと見《み》つめている。右手《みぎて》には何《なに》か、長《なが》いものを持《も》っているようだった。

（変《へん》な人《ひと》ね。ヒラリオンも、おじょう様《さま》とお話《はなし》したかったのかしら。）

そのとき、ベルタがジゼルに言《い》った。

「そろそろ、収穫祭《しゅうかくさい》がはじまるね。ジゼル、わたしはあとで顔《かお》を出《だ》すから、おまえは先《さき》に行《い》っておいで。」

「ありがとう、お母《かあ》さん。じゃあわたし、行《い》ってるわね。」

ジゼルは大公《たいこう》とバチルド姫《ひめ》にあいさつをして、収穫祭《しゅうかくさい》に出《で》かけることにした。

広場《ひろば》からにぎやかな音楽《おんがく》と、村人《むらびと》たちの声《こえ》が聞《き》こえはじめた。かごいっぱいのぶどうを持《も》った若《わか》い男女《だんじょ》が、村中《むらじゅう》から集《あつ》まってくる。年《ねん》に一度《いちど》の、収穫祭《しゅうかくさい》がはじまるのだ。

（ロイス、来《こ》られるかしら……。）

ジゼルの胸《むね》の中《なか》を、不安《ふあん》と期待《きたい》がかけめぐる。

そこへ、収穫祭《しゅうかくさい》の伝統《でんとう》のみこしが運《はこ》ばれてきた。ぶどう酒《しゅ》の神様《かみさま》・バッカスの小《ちい》さな像《ぞう》が、陽気《ようき》なかけ声《ごえ》とともに登場《とうじょう》した。

そして、毎年《まいとし》村《むら》の中《なか》から一人《ひとり》選《えら》ばれる〝収穫《しゅうかく》の女王《じょおう》〟が発表《はっぴょう》された。今年《ことし》選《えら》ばれたのは、なんとジゼルだった。

「ジゼル、おめでとう！」

ジゼルは友人《ゆうじん》や村人《むらびと》たちに囲《かこ》まれて、花《はな》やぶどうのつたで編《あ》んだかんむりを頭《あたま》の上《うえ》に授《さず》かった。

「我《われ》らのほこりね！」

ジゼルは、花々《はなばな》でかざられた荷車《にぐるま》の上《うえ》に乗《の》せられた。そのまわりで友人《ゆうじん》たちが手《て》をつなぎ、くるくると踊《おど》る。

「ありがとう、みんな！」

ジゼルは、自分《じぶん》も踊《おど》りたくてうずうずしてきた。荷車《にぐるま》から地面《じめん》に飛《と》び降《お》りようとした、そのときだった。

「ジゼル、おめでとう。」

ジゼルに向《む》かって、白《しろ》い腕《うで》をのばすロイスの姿《すがた》があった。

「ロイス！　来《き》てくれたのね！」

「もちろんだよ、収穫《しゅうかく》の女王様《じょおうさま》。」

ロイスはいたずらっぽくウインクした。

ジゼルがロイスのほうに手《て》をのばすと、ロイスはジゼルの腕《うで》をすっと引《ひ》き寄《よ》せた。ジゼルの体《からだ》が、ふわりと宙《ちゅう》に舞《ま》い上《あ》がる。

（え……？）

ロイスにかかえ上《あ》げられていることに気《き》づいたジゼルは、顔《かお》をみるみる赤《あか》くした。王子様《おうじさま》のようなロイスのまぶしい笑顔《えがお》が、ジゼルのすぐ目《め》の前《まえ》にあったのだ。

「ロイス。わたし、本当《ほんとう》のお姫様《ひめさま》になった気分《きぶん》だわ！」

「ぼくの大切《たいせつ》なお姫様《ひめさま》だよ。」

見《み》つめ合《あ》う二人《ふたり》に、友人《ゆうじん》たちからかん声《せい》がわいた。

「もうすっかり、夫婦《ふうふ》みたいよ！」

「よっ、お似合《にあ》いだぞ！」

ジゼルは、この上《うえ》ないほど幸《しあわ》せだった。幸《しあわ》せのあまり体《からだ》がむずむずして、踊《おど》らずにいられなかった。

「ロイス、わたし踊《おど》りたいわ。」

「ああ。でも、ほどほどにしておかないとね。お母《かあ》さんがきみの体《からだ》のことを心配《しんぱい》しているよ。」

「ゆっくりなら平気《へいき》よ。」

ジゼルは、そう言《い》って笑顔《えがお》を見《み》せた。

そのとき、ロイスがジゼルの胸元《むなもと》のネックレスを見《み》て、顔色《かおいろ》を変《か》えた。

「あ、これね！　さっきいただいたの。とても美《うつく》しい貴族《きぞく》のお姫様《ひめさま》から。」

ジゼルがうれしそうに言《い》うと、ロイスは表情《ひょうじょう》をこわばらせた。

「ロイス、聞《き》いてる？　ね、すてきでしょう。」

「ああ……。そうだね。」

ロイスは、話《はなし》をそらすように反対《はんたい》を向《む》いてしまった。

ジゼルはロイスの表情《ひょうじょう》が見《み》えなくなって、少《すこ》し不安《ふあん》になった。

（ロイス？　何《なに》を考《かん》えているの……？）

それでもジゼルは、すぐに気持《きも》ちを切《き》りかえようとした。

（きっと、つかれているんだわ。仕事《しごと》がいそがしいのに、収穫祭《しゅうかくさい》に来《き》てくれたんだもの。）

そのときだった。

「ジゼル！　その男《おとこ》からはなれろ！」

村人《むらびと》たちの向《む》こうから、声《こえ》がひびいた。ヒラリオンがかけ寄《よ》ってきて、二人《ふたり》を引《ひ》きはなすようにジゼルの前《まえ》に立《た》ちはだかった。

「こいつの正体《しょうたい》がわかったぞ！」

信《しん》じたい気持《きも》ち

ヒラリオンは、右手《みぎて》に長《なが》い剣《けん》をにぎっていた。

「ヒラリオン、一体《いったい》どうしたの？」

「ジゼル。こいつはとんでもないうそつきで、女《おんな》たらしの貴族《きぞく》だ。」

険《けわ》しい表情《ひょうじょう》で、ロイスのほうをじっと見《み》つめている。ジゼルは、心臓《しんぞう》の音《おと》が速《はや》まるのを感《かん》じた。

「待《ま》って、ヒラリオン。自分《じぶん》が何《なに》を言《い》っているか、わかっているの？」

ジゼルがそう言《い》うと、ヒラリオンは宝《ほう》石《せき》が散《ち》りばめられた剣《けん》をロイスのほうへつき出《だ》した。

「この剣《けん》がしょうこだよ。こんな高価《こうか》なものが持《も》てるのは、身分《みぶん》の高《たか》い貴族《きぞく》。おそらく、公爵《こうしゃく》ってところだな。」

ヒラリオンは、ロイスをにらみつけて言《い》った。ヒラリオンの言葉《ことば》を信《しん》じられないジゼルは、剣《けん》とロイスを見比《みくら》べながら言《い》った。

「かんちがいよね？　ヒラリオンは、きっとあなたをだれかとまちがえてるのよ。ね、ロイス。」

「ああ……心配《しんぱい》しなくていい、ジゼル。ぼくはただの農夫《のうふ》だ。きみの恋人《こいびと》のロイスだ。ヒラリオンとか言《い》ったな。その剣《けん》が、なぜぼくのものだと言《い》えるんだ？」

ロイスは、冷静《れいせい》さの中《なか》にいらだちをにじませて言《い》った。

「おまえが出入《でい》りしている小屋《こや》で見《み》つけたんだ。ジゼルに会《あ》う前《まえ》に、わざわざ貴族《きぞく》の服《ふく》からその似合《にあ》わない農夫《のうふ》の姿《すがた》に着《き》がえていただろう。従者《じゅうしゃ》に見張《みは》りまでさせてな！」

確信《かくしん》を持《も》った顔《かお》で答《こた》えるヒラリオンに、ジゼルはつめ寄《よ》った。

「人《ひと》の家《いえ》に勝手《かって》に入《はい》るなんて、どうかしているわ。それに、たとえその剣《けん》がロイスのものだとしても、ロイスが貴族《きぞく》だというしょうこにはならないでしょう？」

するとヒラリオンは、ジゼルの小屋《こや》の戸口《とぐち》に大公《たいこう》がつるしていた角笛《つのぶえ》を取《と》り出《だ》した。そして、ジゼルの前《まえ》に差《さ》し出《だ》した。

「ジゼル。この角笛《つのぶえ》に刻《きざ》まれている紋章《もんしょう》を見《み》ろ。身分《みぶん》の高《たか》い貴族《きぞく》の持《も》ちものには、かならず家《いえ》がらを示《しめ》す紋章《もんしょう》が刻《きざ》まれている。この剣《けん》にも、ほら。立派《りっぱ》な紋章《もんしょう》が入《はい》っているだろう。」

ヒラリオンは、不安《ふあん》そうなジゼルに向《む》かって言《い》い放《はな》った。

「こいつがきみにかくしていることを、今《いま》教《おし》えてやる。」

そう言《い》うと、ヒラリオンは持《も》っていたクールラント家《け》の角笛《つのぶえ》を、力《ちから》いっぱいふき鳴《な》らした。角笛《つのぶえ》をふいたら集合《しゅうごう》の合図《あいず》だという大公《たいこう》の言葉《ことば》を、ヒラリオンは聞《き》いていたのだ。

「おい！　やめろ！」

ロイスは顔色《かおいろ》を変《か》えて、ヒラリオンに飛《と》びかかった。二人《ふたり》がもみ合《あ》っているうちに、狩《か》りをしていた一行《いっこう》がかけ足《あし》でもどってきた。

広場《ひろば》に集《あつ》まった狩人《かりゅうど》たちは、ロイスを見《み》るなり、その場《ば》にひざまずいてあいさつをした。

（なぜ、この人《ひと》たちがロイスにあいさつを……？　一体《いったい》、どういうこと？）

ジゼルは、次第《しだい》に不安《ふあん》がつのってきた。

角笛《つのぶえ》の音《おと》を聞《き》いたクールラント大公《たいこう》が、ジゼルの家《いえ》から出《で》てきた。

「何事《なにごと》だ？　角笛《つのぶえ》の音《おと》が聞《き》こえたようだが……。」

大公《たいこう》は、人《ひと》ごみの中《なか》にロイスの姿《すがた》を見《み》つけると、そばに寄《よ》って肩《かた》をたたいた。

「きみもいたのか、アルブレヒト。なんだい、その格好《かっこう》は？　はははは！」

ごう快《かい》に笑《わら》う大公《たいこう》に、ジゼルは不思議《ふしぎ》そうにたずねた。

「大公様《たいこうさま》。彼《かれ》と……ロイスとお知《し》り合《あ》いなんですか……？」

「ロイスとはだれのことかね。彼《かれ》はアルブレヒトだよ。彼《かれ》はむすめの……。」

大公《たいこう》がそう言《い》いかけたとき、バチルド姫《ひめ》が姿《すがた》を現《あらわ》した。そしてロイスに気《き》づくと、
おどろいたように言《い》った。

「そんな格好《かっこう》で、何《なに》をしているの？　アルブレヒト！」

裏切《うらぎ》り

ジゼルは、耳《みみ》を疑《うたが》った。

（アルブレヒト……？　一体《いったい》だれの話《はなし》をしているの……？）

ロイスは、ぎこちない笑《え》みをうかべて言《い》った。

「ちょっと……気晴《きば》らしです。」

頭《あたま》の中《なか》が混乱《こんらん》してきたジゼルは、たまらなくなってバチルド姫《ひめ》に言《い》った。

「あの……この人《ひと》はロイスです。わたしの婚約者《こんやくしゃ》です。」

「ロイス？　何《なに》を言《い》っているの？　彼《かれ》はとなりの国《くに》シレジアの公爵《こうしゃく》、アルブレヒト様《さま》よ。ここからもほら、お城《しろ》が見《み》えるわ。」

「そんな、まさか……。」

遠《とお》くの岩山《いわやま》にそびえる立派《りっぱ》なお城《しろ》は、ジゼルが子《こ》どものころからながめていた、あこがれの城《しろ》だった。ロイスがあの城《しろ》に住《す》む公爵《こうしゃく》だなどと、ジゼルには信《しん》じられない。

「アルブレヒトは、わたくしの婚《こん》約者《やくしゃ》よ。これは、彼《かれ》からもらった指輪《ゆびわ》だわ。そうよね、アルブレヒト。」

そう言《い》ってバチルド姫《ひめ》は、左手《ひだりて》のくすり指《ゆび》にかがやく大《おお》きなダイヤの指輪《ゆびわ》を見《み》せた。

ジゼルはどうようし、首《くび》を小《こ》きざみに横《よこ》にふった。

「ロイス……これ、どういうこと？ねぇ、うそでしょ？」

ロイスはジゼルと目《め》も合《あ》わせず、ただうつむいていた。
そして、バチルド姫《ひめ》の足元《あしもと》にひざまずくと、彼女《かのじょ》の手《て》にキスをした。

（……！）

ジゼルは、何《なに》も言葉《ことば》にできなかった。これまでに感《かん》じたことのない、するどく重《おも》い痛《いた》みが、胸《むね》にグサリとつきささった。

夢《ゆめ》も希望《きぼう》も、すべてがガラガラと音《おと》を立《た》てて、粉々《こなごな》にくだかれていくのがわかった。

「ジゼル、わかっただろう。こいつははじめから、きみと真剣《しんけん》な恋愛《れんあい》なんかしていなかったんだよ。きみはこの男《おとこ》に、だまされていたんだ。」

ヒラリオンは、たおれそうになるジゼルを支《ささ》えながら言《い》った。

（だまされていた……？　わたしはロイスに……愛《あい》した人《ひと》にだまされていた……。）

ぼんやりとした意識《いしき》の中《なか》で、ジゼルは自分《じぶん》の身《み》に起《お》こった悪夢《あくむ》のような出来事《できごと》を、これは夢《ゆめ》なのではないかと思《おも》った。しかし、夢《ゆめ》ではなかった。ジゼルの心臓《しんぞう》は、バクバクと大《おお》きな音《おと》を立《た》てていた。心臓《しんぞう》を打《う》つ音《おと》は、あくまがせまり来《く》るかのようにどんどんスピードを増《ま》していった。

ジゼルは息《いき》も絶《た》え絶《だ》えになり、近《ちか》くの木《き》に寄《よ》りかかろうとした。ジゼルの胸元《むなもと》で、バチルド姫《ひめ》からもらったネックレスがゆれた。

命《いのち》が消《き》えるとき

気《き》がつくとジゼルは、うつろな目《め》をしたままふらふらと踊《おど》っていた。幸《しあわ》せだったころの思《おも》い出《で》が、次々《つぎつぎ》と頭《あたま》をよぎった。ロイスと踊《おど》ることが、ジゼルは何《なに》よりも幸《しあわ》せだった。だが——。

（あの花《はな》うらないは、正《ただ》しかったんだわ……。）

花《はな》うらないは、「愛《あい》していない」で終《お》わるはずだった――それが正《ただ》しかったのだ。

ジゼルはロイス――もはやロイスではなく、アルブレヒトとなった男《おとこ》――の剣《けん》を拾《ひろ》って、切《き》っ先《さき》を自分《じぶん》の胸《むね》につき立《た》てようとした。

「ジゼル、やめろ！」

ヒラリオンが剣《けん》をうばう。ジゼルはよろけ、力《ちから》なく笑《わら》った。

そして、息苦《いきぐる》しさに胸《むね》をおさえた。呼吸《こきゅう》が激《はげ》しくなっていく。

はぁ、はぁ。


意識《いしき》が遠《とお》のいていくジゼルの耳《みみ》に、ベルタの声《こえ》がひびいた。

「ジゼル！　ジゼル！　しっかりして!!」

「お母《かあ》さん……。」

ジゼルは、最後《さいご》の力《ちから》をふりしぼって、ふらふらと歩《ある》いた。そして、ゼンマイの切《き》れた人形《にんぎょう》のように立《た》ち止《ど》まり、二《に》、三歩《さんぽ》よろめいて、ベルタの腕《うで》の中《なか》にたおれこんだ。

「ジゼル――!!」

ベルタは、ジゼルをだきしめてさけんだ。

ジゼルの体《からだ》から、最後《さいご》のため息《いき》がふっともれた。深《ふか》い絶望《ぜつぼう》の色《いろ》を宿《やど》した眼差《まなざ》しは、「ロイス」を見《み》つめたあと、永遠《えいえん》に閉《と》じられた。

「ジゼル、ジゼル！　お願《ねが》い、もどっ

てきておくれ！　ジゼル！」

ベルタのさけびがむなしくひびく。ジゼルの心臓《しんぞう》は、すでに止《と》まっていた。ヒラリオンは、その場《ば》にくずれ落《お》ちた。

アルブレヒトはとっさに剣《けん》をつかみ、自《みずか》らの胸《むね》につきさそうとした。

「やめなさい！」

大公《たいこう》は、アルブレヒトから剣《けん》をうばい取《と》った。

ジゼルの友人《ゆうじん》たちは泣《な》きくずれ、バチルド姫《ひめ》も、あまりのことに涙《なみだ》を流《なが》し立《た》ちつくしていた。

ベルタはジゼルの体《からだ》をかかえ、いつまでもすすり泣《な》き続《つづ》けた――。

第《だい》3章《しょう》 ウィリの森《もり》

精霊《せいれい》たちの世界《せかい》

ぬまのほとりにある墓場《はかば》を、青白《あおじろ》い月明《つきあ》かりが照《て》らしていた。立《た》ちこめるきりが、森《もり》の中《なか》をおおっている。

「ジゼル――ジゼル。」

ジゼルは、どこからか自分《じぶん》の名《な》を呼《よ》ぶ声《こえ》を聞《き》いた。

「目覚《めざ》めなさい、ジゼル。」

ゆっくりと起《お》き上《あ》がると、ジゼルは見覚《みおぼ》えのない白《しろ》いドレスを着《き》ていた。自分《じぶん》が横《よこ》たわっていた場所《ばしょ》には、石《いし》の十字架《じゅうじか》があった。そこにほられている「GISELLE《ジゼル》」という文字《もじ》を見《み》て、ジゼルの胸《むね》の中《なか》に、悲《かな》しい気持《きも》ちがよみがえってきた。

（わたし、死《し》んでしまったのね……。）

ジゼルが自分《じぶん》の名《な》を呼《よ》ぶ声《こえ》がしたほうを見《み》ると、青白《あおじろ》い顔《かお》の冷《つめ》たげな女《おんな》が立《た》っていた。立《た》っているというよりも、ほとんどういているようだった。

女《おんな》は真《ま》っ白《しろ》なドレスを身《み》にまとい、背中《せなか》に生《は》えたとうめいな羽根《はね》をゆらゆらとゆらしていた。

「あなたは？」

「わたしはウィリの女王《じょおう》、ミルタ。さあ、ジゼル。こちらへおいで。」

ミルタに導《みちび》かれてあとをついていくと、白《しろ》いドレスの少女《しょうじょ》たちが、ふわりふわりとやみにうかぶように踊《おど》っていた。

「彼女《かのじょ》たちはウィリ。この世《よ》に未練《みれん》を残《のこ》して、結婚《けっこん》を前《まえ》に死《し》んでいった若《わか》いむすめたちだ。みな、踊《おど》りを愛《あい》して止《や》まなかった。おまえのようにね。」

それを聞《き》いて、ジゼルはベルタの言《い》っていたことを思《おも》い出《だ》した。村《むら》に伝《つた》わるウィ

リの伝説《でんせつ》。あの話《はなし》は、本当《ほんとう》だったのだ。

「ジゼル。おまえもウィリになるのだ。夜中《よなか》に森《もり》を通《とお》る男《おとこ》をさそい、死《し》ぬまで踊《おど》らせるのよ。」

ミルタは氷《こおり》のように冷《つめ》たい声《こえ》で言《い》った。ジゼルはきょうふにふるえながらも、首《くび》を大《おお》きく横《よこ》にふった。

「いやです。大好《だいす》きな踊《おど》りで人《ひと》を殺《ころ》すなんて……。」

しかしミルタは何《なに》も言《い》わず、ローズマリーのつえでジゼルの肩《かた》にそっとふれた。

すると、ジゼルの背中《せなか》にとうめいな羽根《はね》が生《は》えた。そして、ジゼルの体《からだ》は地面《じめん》からふわりとういた。

「さあみんな、新《あたら》しい仲間《なかま》のジゼルだ。ジゼル、おまえもいっしょに踊《おど》りなさい。満《み》たされなかった想《おも》いを、この世界《せかい》でぞんぶんに表現《ひょうげん》するのだ。」

ウィリたちはジゼルのほうをちらりとも見《み》ず、一心不乱《いっしんふらん》に踊《おど》っている。死《し》してなお満《み》たされない想《おも》いをかかえて、見《み》えない何《なに》かにいのりをささげるように踊《おど》っているのだ。

（わたしも、この人《ひと》たちと同《おな》じなんだわ……。）

幸《しあわ》せと絶望《ぜつぼう》の記《き》おくがよみがえってきたジゼルは、ウィリたちの踊《おど》りに合《あ》わせて体《からだ》を動《うご》かした。

しばらくして、ウィリたちの動《うご》きがぴたりと止《と》まった。何《なに》かの気配《けはい》を感《かん》じたようだ。

「えもののにおいをかぎつけたな、おまえたち。さあ、とらえるのだ。」

ミルタが言《い》うと、ウィリたちはぬまのほうへと消《き》えるように移動《いどう》していった。我《われ》に返《かえ》ったジゼルはおそろしくなり、ミルタに見《み》つからないようにこっそりと、自分《じぶん》の墓《はか》にもどった。

アルブレヒトの後悔《こうかい》

しばらくして、森《もり》の小道《こみち》にアルブレヒトが姿《すがた》を現《あらわ》した。従者《じゅうしゃ》のウィルフリードが付《つ》きそい、ユリの花束《はなたば》を持《も》ってジゼルの墓《はか》に向《む》かっていく。

アルブレヒトは、やつれて青《あお》ざめた顔《かお》をしている。ウィルフリードが力《ちから》をこめて言《い》った。

「アルブレヒト様《さま》、引《ひ》き返《かえ》しましょう。ジゼルは今《いま》ごろ、ウィリになっています。

会《あ》えばきっと、殺《ころ》されてしまいます。」

アルブレヒトは、暗《くら》くしずんだひとみで静《しず》かに答《こた》えた。

「わかっている。でも、ジゼルに会《あ》えるなら、ぼくは死《し》んだって構《かま》わない。」

「アルブレヒト様《さま》……。」

「ウィルフリード。おまえは城《しろ》にもどれ。ぼくを、一人《ひとり》で行《い》かせてくれ。」

アルブレヒトの固《かた》い決意《けつい》を前《まえ》に、ウィルフリードはため息《いき》をつくと、小《ちい》さく頭《あたま》を下《さ》げて、来《き》た道《みち》を引《ひ》き返《かえ》していった。


やがてアルブレヒトは、ジゼルの墓《はか》の前《まえ》にたどり着《つ》いた。

「ロイス。来《き》てくれたのね……。」

ジゼルは自分《じぶん》の墓《はか》のうしろから、かつての恋人《こいびと》を見《み》ていた。

アルブレヒトはユリの花束《はなたば》をジゼルの墓《はか》の前《まえ》に置《お》き、頭《あたま》を垂《た》れてうずくまった。

十字架《じゅうじか》には、ジゼルが収穫《しゅうかく》の女王《じょおう》にかがやいたときのかんむりがかけられていた。

それを見《み》たアルブレヒトの心《こころ》は、深《ふか》く、暗《くら》い海《うみ》の底《そこ》にしずんでいった。

「ジゼル……すまなかった……。」

アルブレヒトは、弱々《よわよわ》しく口《くち》を開《ひら》いた。声《こえ》はふるえ、ひとみからは涙《なみだ》が流《なが》れていた。

「ぼくは確《たし》かにうそをついていた。取《と》り返《かえ》しのつかないことをしてしまった。でも、これだけは言《い》わせてほしい。きみへの気持《きも》ちに、うそはなかったんだ……。」

そばにいたジゼルは、涙《なみだ》をうかべながら静《しず》かに聞《き》いていた。

「バチルドは、親《おや》が決《き》めた婚約者《こんやくしゃ》なんだ。確《たし》かにぼくには、申《もう》し分《ぶん》のない相手《あいて》だ。でも、それが本当《ほんとう》の愛《あい》なのか。このまま結婚《けっこん》していいのか。ぼくは迷《まよ》っていた。そんなとき、きみと出会《であ》ったんだ……。」

ジゼルはアルブレヒトの言葉《ことば》を聞《き》いて、ゆっくりと口《くち》を開《ひら》いた。

「ロイス、ありがとう。あなたの気持《きも》ちが聞《き》けて、うれしかったわ。」

アルブレヒトはおどろいて立《た》ち上《あ》がり、きょろきょろと辺《あた》りを見回《みまわ》した。

「ジゼル……？　ジゼルなのか？」

ジゼルの声《こえ》が聞《き》こえる。しかし、アルブレヒトにはその姿《すがた》は見《み》えない。

「どこにいるんだ？　ジゼル！　出《で》てきてくれ。ああ、またロイスと呼《よ》んでくれるなんて！」

アルブレヒトのまわりを、ジゼルはちょうのように舞《ま》っていた。次第《しだい》にぼんやりと輪《りん》かくを帯《お》びてくるのが、アルブレヒトにもわかった。しかしアルブレヒトがだきしめようとしても、ジゼルはアルブレヒトの腕《うで》からするりとすりぬけてしまう。

「ロイス。わたしはもう、人間《にんげん》じゃないのよ。」

「それでもいい。本当《ほんとう》にきみなんだね、ジゼル。ああ、ジゼル！」


そのときだった。

「や、やめてくれー!!」

森《もり》のおくから、さけび声《ごえ》がひびいた。聞《き》き覚《おぼ》えのある声《こえ》だった。

ジゼルとアルブレヒトが身《み》をかくしながら近《ちか》づくと、ヒラリオンがウィリたちに囲《かこ》まれ、ぬまに引《ひ》きずりこまれそうになっていた。

ヒラリオンは青《あお》ざめた顔《かお》で、何度《なんど》もふらふらとたおれこむ。そのたびにミルタがつえをかざし、無理矢理《むりやり》に立《た》たせて踊《おど》らせる。ウィリたちはからかうように笑《わら》いながら輪《わ》をつくり、ぬまへとさそいこんでいた。

（ヒラリオン……！）

ジゼルは心《こころ》の中《なか》でさけんだ。

にげ出《だ》す力《ちから》もつきてしまったヒラリオンは、ウィリたちに黒《くろ》いぬまへつき落《お》とされてしずんでいった。

アルブレヒトは、肩《かた》をふるわせていた。

「ロイス、あなたも殺《ころ》されてしまうわ。早《はや》くにげて！」

ジゼルが言《い》うと、目《め》の前《まえ》にミルタが現《あらわ》れ、二人《ふたり》の行《ゆ》く手《て》をはばんだ。

「にげられるとでも思《おも》っているのかい？」

永遠《えいえん》の愛《あい》と別《わか》れ

「お願《ねが》いです。彼《かれ》を殺《ころ》さないで……！」

ジゼルは必死《ひっし》にたのんだ。

「そいつはおまえを死《し》に追《お》いやった者《もの》だろう。さあ、こっちへ連《つ》れておいで。そして、死《し》ぬまで踊《おど》らせるのだ。」

冷《れい》こくなミルタが、容《よう》しゃなく命令《めいれい》する。ジゼルは、アルブレヒトにささやいた。

「ロイス、わたしのお墓《はか》につかまって。十字架《じゅうじか》の力《ちから》を借《か》りればきっと、女王《じょおう》の力《ちから》を少《すこ》しははね返《かえ》せるわ。」

アルブレヒトが十字架《じゅうじか》をつかむと、ジゼルはミルタの前《まえ》に立《た》ちはだかった。

「ジゼル。おまえの踊《おど》りで、その男《おとこ》をこちらの世界《せかい》に引《ひ》きずりこむのだ。」

ミルタがつえをふると、ジゼルの体《からだ》が美《うつく》しく舞《ま》いはじめた。その姿《すがた》に、アルブレヒトはたまらなくなって、十字架《じゅうじか》から手《て》を放《はな》してしまう。そして、ふらふらとジゼルに吸《す》い寄《よ》せられていった。

「ロイス、来《き》ちゃだめ!」

ジゼルの言葉《ことば》もむなしく、アルブレヒトの体《からだ》が舞《ま》いはじめた。

「きみとまた踊《おど》れるのなら、死《し》んだっていいんだ。」

「だめよロイス。あなたは生《い》きてもどらなければ。さあ、わたしに体《からだ》をあずけて。」

ジゼルは、アルブレヒトをかばうようにゆっくりと踊《おど》る。ミルタがさけんだ。

「ジゼル、もっと速《はや》く踊《おど》るのだ!」

ウィリたちも、踊《おど》りに加《くわ》わってきた。

「まずいわ。ウィリたちに囲《かこ》まれたら、わたしではあなたを守《まも》りきれない。」

あせるジゼルに、ミルタはさらに追《お》い打《う》ちをかける。

「もっと速《はや》く！　もっと激《はげ》しく踊《おど》るのだ、ジゼル。さぁ、もっと！」

アルブレヒトがふらふらとよろめき、ジゼルの目《め》の前《まえ》でどんどん弱《よわ》っていく。

ウィリたちは、アルブレヒトをぬまへと引《ひ》き寄《よ》せる。ジゼルは、力《ちから》を失《うしな》っていくアルブレヒトを自分《じぶん》のほうへ引《ひ》きもどそうと必死《ひっし》に踊《おど》った。

「ジゼル、いいんだ。ぼくはもう……。」

「だめ！　ロイス、お願《ねが》い！　あと少《すこ》し……!!」


そのときジゼルは、東《ひがし》の空《そら》にかすかな明《あ》かりを見《み》た。

「もうすぐ夜《よる》が明《あ》ける。ウィリたちは、朝《あさ》の光《ひかり》の中《なか》では生《い》きられないはずだわ。」

アルブレヒトの力《ちから》がいよいよつきようとしていたそのとき、どこかで夜明《よあ》けの鐘《かね》が鳴《な》り、朝《あさ》の光《ひかり》がじわじわと差《さ》しこんできた。

ミルタとウィリたちは、光《ひかり》の中《なか》にとけこむように静《しず》かに消《き》えていった。

アルブレヒトは、ばったりとその場《ば》にたおれこんだ。

「わたしも行《い》かなくちゃ。さようなら、ロイス。」

ジゼルがそう言《い》うと、アルブレヒトは立《た》ち上《あ》がってジゼルをつかまえようとした。

「ジゼル……行《い》かないでくれ。たのむから、行《い》かないでくれ……!!」

しかし、ジゼルはアルブレヒトの腕《うで》からすりぬけ、ふたたびきりのようにぼやけていった。

「ロイス、あなたはわたしの分《ぶん》も生《い》きて。もう、決《けっ》して後悔《こうかい》しないように。……バチルド様《さま》を、幸《しあわ》せにしてあげて。」

「ちかうよ、ジゼル。本当《ほんとう》にすまなかった……。」

「大好《だいす》きだったわ、ロイス。」

そう言《い》うと、ジゼルの姿《すがた》は朝《あさ》の光《ひかり》の中《なか》に消《き》えていった。

辺《あた》りをおおっていたきりも、すっかり晴《は》れていた。森《もり》はいまや、何事《なにごと》もなかったかのように、おだやかな静《しず》けさに包《つつ》まれている。

明《あか》るさを取《と》りもどしていく世界《せかい》の中《なか》、アルブレヒトはジゼルの墓《はか》の前《まえ》で、立《た》ち去《さ》ることもできず、いつまでも立《た》ちつくしていた。

作品《さくひん》について知《し》ろう！

ロマンティック・バレエの代表作《だいひょうさく》

「ジゼル」は、白《しろ》い衣装《いしょう》で踊《おど》られることから「白鳥《はくちょう》の湖《みずうみ》」「ラ・シルフィード」と並《なら》んで三大《さんだい》バレエ・ブラン（白《しろ》のバレエ）の１つに数《かぞ》えられています。
１９世紀前半《せいきぜんはん》に成立《せいりつ》した、ロマンティック・バレエを代表《だいひょう》する作品《さくひん》です。

ジゼルとアルブレヒトの愛《あい》

ジゼルに対《たい》するアルブレヒトの想《おも》いが真実《しんじつ》の愛《あい》だったか、うわき心だったのかは、舞台《ぶたい》によって異《こと》なります。また、ジゼルがアルブレヒトをウィリたちから守《まも》る結末《けつまつ》も、見《み》せ方《かた》にいくつかのバリエーションがあります。

バレエ「ジゼル」について

原作《げんさく》について

ドイツの詩人《しじん》ハイネが伝《つた》えたオーストリア地方《ちほう》の伝説《でんせつ》に登場《とうじょう》する妖精《ようせい》「ウィリ」にヒントを得《え》て、フランスの作家《さっか》ゴーティエとサン＝ジョルジュが共同《きょうどう》で台本《だいほん》を作成《さくせい》しました。

音楽《おんがく》について

「ジゼル」の音楽《おんがく》は、１９世紀《せいき》のフランスで売《う》れっ子作曲家《こさっきょくか》だったアドルフ・アダンが作《さっ》曲《きょく》しています。

バレエ初演《しょえん》について

１８４１年《ねん》、ゴーティエとサン＝ジョルジュの台本《だいほん》にふり付《つ》け師《し》のジャン・コラーリとジュール・ペローがふり付《つ》けをして、フランスのパリ・オペラ座《ざ》で上演《じょうえん》されました。

＜参考文献《さんこうぶんけん》＞

・『バレエものがたり』
神戸万知訳《こうべまちやく》、岩波少年文庫《いわなみしょうねんぶんこ》、2011年《ねん》

・ＤＶＤ『ジゼル』
スカラ座《ざ》バレエ団《だん》、2005年公演《ねんこうえん》

コッペリア

もくじ

登場人物紹介《とうじょうじんぶつしょうかい》

物語《ものがたり》の中心《ちゅうしん》となるキャラクターを紹介《しょうかい》します。

スワニルダ

気《き》の強《つよ》い主人公《しゅじんこう》。１８歳《さい》。やや向《む》こう見《み》ずな性格《せいかく》。恋人《こいびと》のフランツと近《ちか》く結婚《けっこん》する予定《よてい》。

フランツ

スワニルダの婚約者《こんやくしゃ》。スワニルダがいながら、コッペリウスの家《いえ》にいる少女《しょうじょ》に熱《ねつ》を上《あ》げる。

コッペリア

コッペリウスの家《いえ》で目《もく》げきされた美《うつく》しい少女《しょうじょ》。バルコニーで本《ほん》を読《よ》んでいる。

コッペリウス

広場《ひろば》のそばに住《す》む老人《ろうじん》。人《ひと》づきあいが悪《わる》く、日《ひ》ごろ何《なに》をしているのかだれも知《し》らない……。

第《だい》1章《しょう》 バルコニーの少女《しょうじょ》

うふ♥
近《ちか》く結婚《けっこん》する予定《よてい》よ。
あとは式《しき》の日取《ひど》りだけ。
キャー‼
おめでとー‼
みなさん静《せい》しゅくに！
領主様《りょうしゅさま》がいらっしゃいました。
領主様《りょうしゅさま》が村《むら》に新《あたら》しい鐘《かね》を贈《おく》ってくださることになりました。
近々《ちかぢか》、記念《きねん》の祭《まつ》りを行《おこな》います。
祭《まつ》りの日《ひ》に結婚《けっこん》する者《もの》たちには、特別《とくべつ》に祝《いわ》い金《きん》を贈《おく》ろう。
パアッ

結婚式《けっこんしき》の日《ひ》は決《き》まったわね！
ええ！
あら、コッペリウス博士《はかせ》だわ。
ワァー!!
ぎゃ ぎゃい
やい、じいさん！
今日《きょう》も暗《くら》い家《いえ》で危《あぶ》ない実験《じっけん》か～。
変《へん》な魔術《まじゅつ》試《ため》してるってほんとー？
しっ
ワァー
また子《こ》どもにいじられてるわね。
……。

＊錬金術士《れんきんじゅつし》……黄金《おうごん》をつくる技術《ぎじゅつ》を研究《けんきゅう》する人《ひと》。

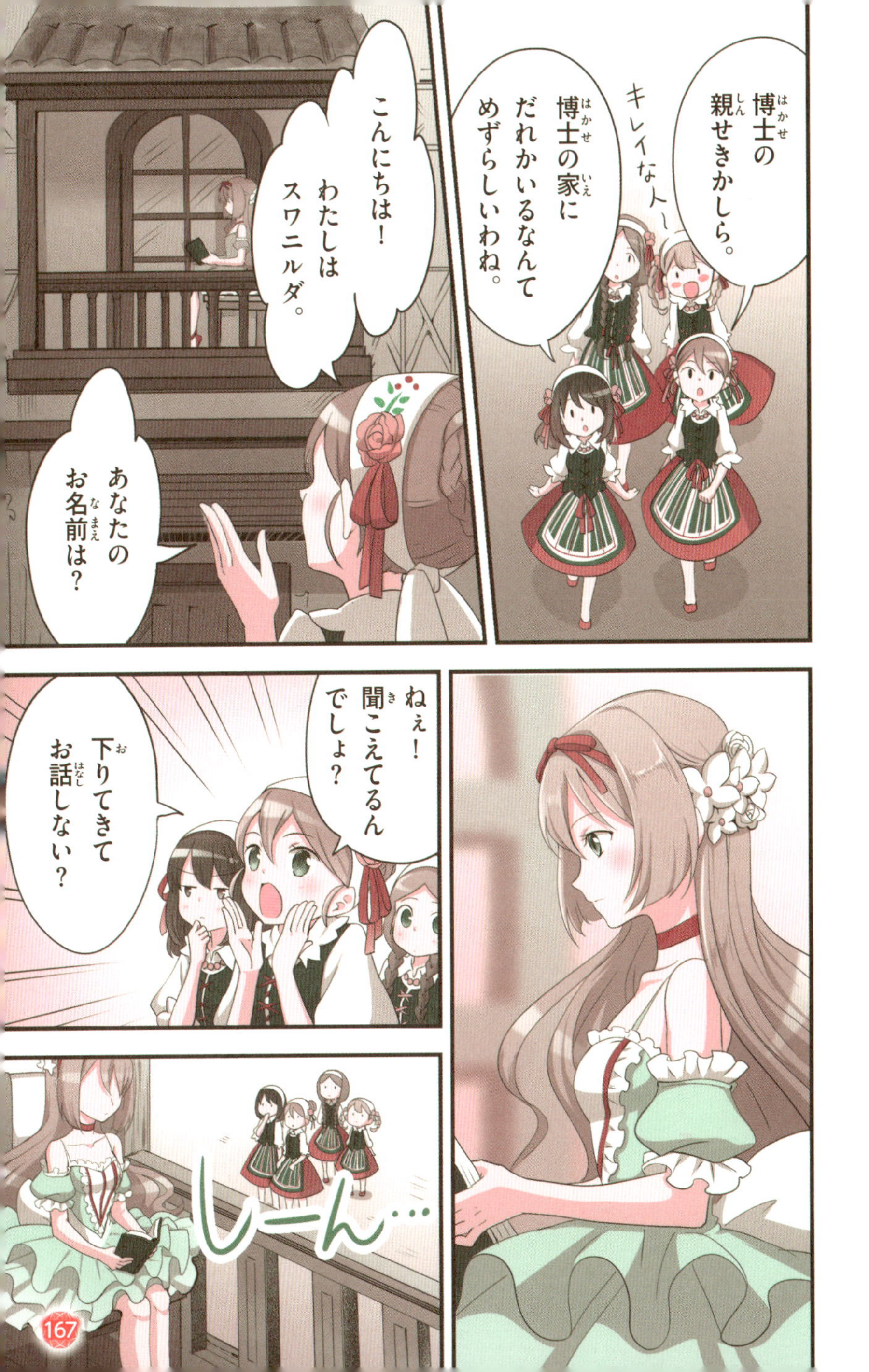
博士《はかせ》の親《しん》せきかしら。
キレイな人～
博士《はかせ》の家《いえ》にだれかいるなんてめずらしいわね。
こんにちは！わたしはスワニルダ。
あなたのお名前《なまえ》は？
ねぇ！聞《き》こえてるんでしょ？
下《お》りてきてお話《はなし》しない？
しーん…

ムカッ!
お返事《へんじ》もしたくないってことかしら!
プン!!
お高《たか》くとまってるのね。
放《ほう》っておきましょう!
あの人《ひと》……コッペリウス博士《はかせ》とどういう関係《かんけい》なのかしら?
あらスワニルダ。あなたのだんな様《さま》よ。
博士《はかせ》に家族《かぞく》がいるなんて聞《き》いたことないわね。
ほんと! フランツだわ。
フランツ〜!
どこに行くのかしら?
気づいてないみたいね

!?
スゥー…
博士《はかせ》の家《いえ》に……?
どういうこと?
サッ
こんにちは、おじょーさーーん!
ぼくはフランツ。
ああなんと美《うつく》しい……。
あなたとお話《はなし》したい!
フランツったらわたしがいるのに何《なに》!? あのアピール!

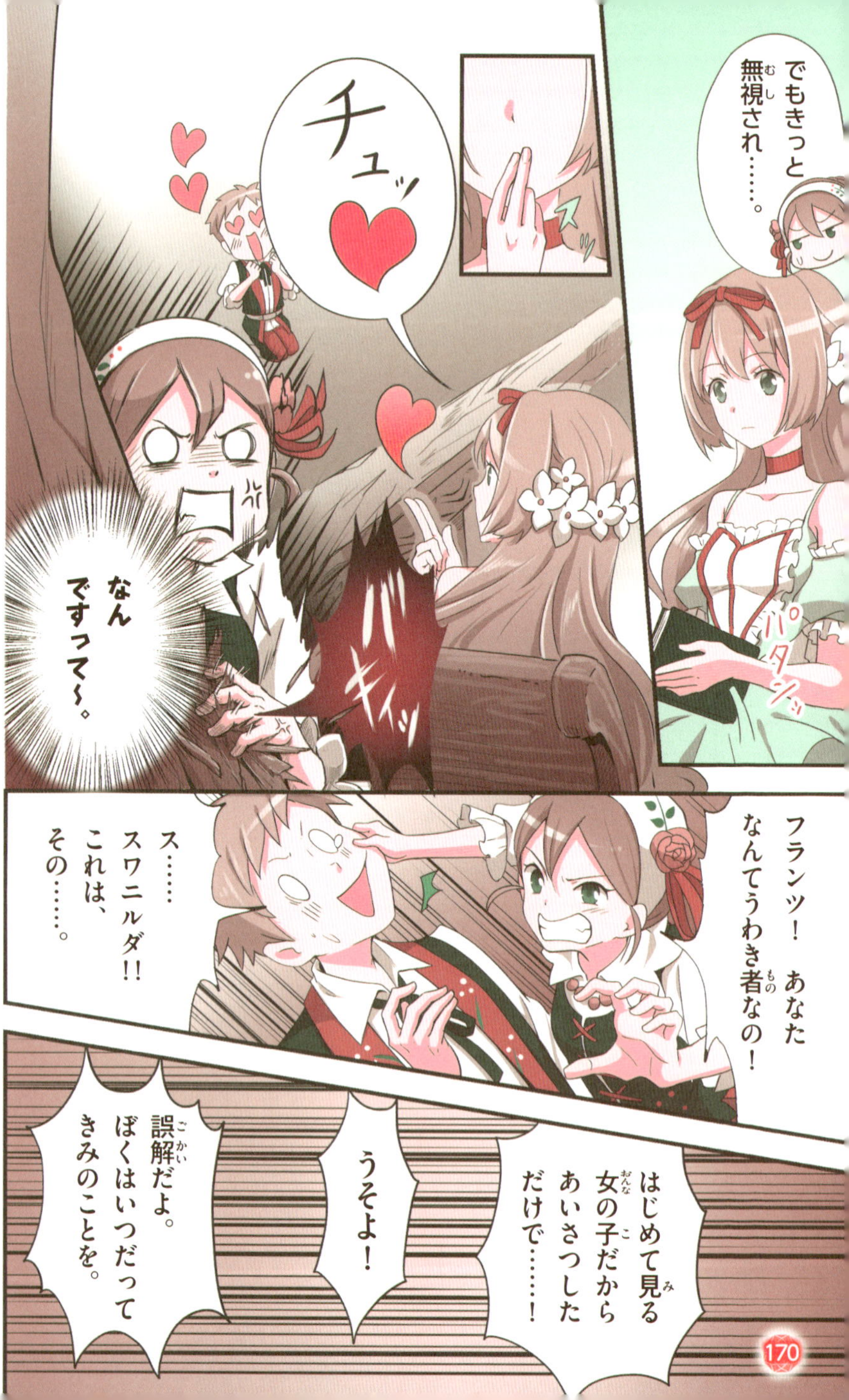

でもきっと無視《むし》され……。
パタン
ス
チュッ
ギ
キィッ
なんですってく～。
フランツ！　あなたなんてうわき者《もの》なの！
ス……スワニルダ!!これは、その……。
はじめて見《み》る女《おんな》の子《こ》だからあいさつしただけで……！
うそよ！
誤解《ごかい》だよ。ぼくはいつだってきみのことを。

いいえ、あの人《ひと》を見《み》る目《め》は……。
あれ……？
本当《ほんとう》にフランツと結婚《けっこん》していいのかわからなくなってきたわ。
きげん直《なお》してよ～。
あれはないわね～。
スワニルダ。麦《むぎ》の穂《ほ》うらないで確《たし》かめてみたら？
恋人《こいびと》の心《こころ》が真実《しんじつ》なら、
麦《むぎ》の穂《ほ》が音《おと》を立《た》てるのよ。
………。

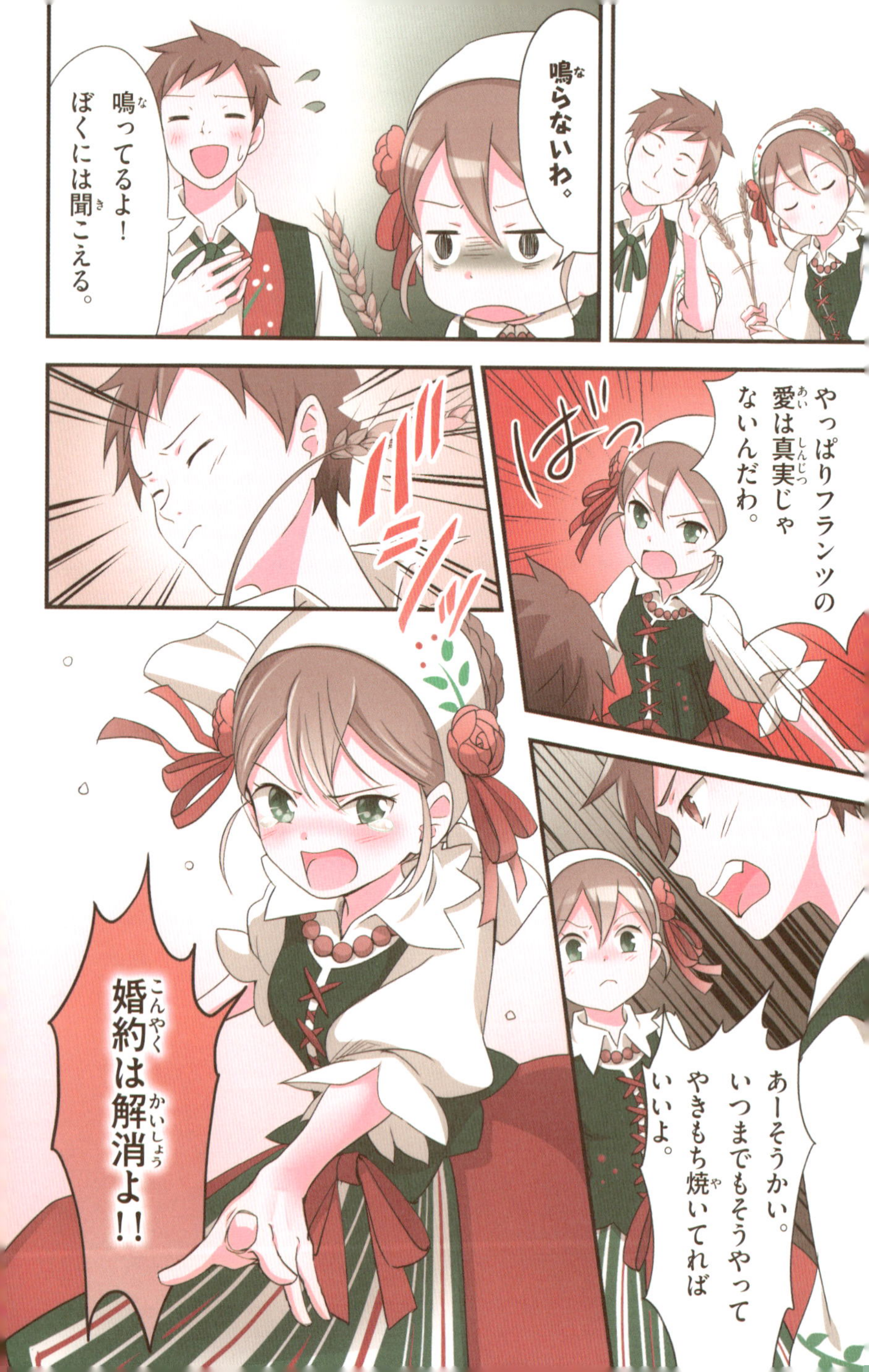
鳴《な》らないわ。
鳴《な》ってるよ！
ぼくには聞《き》こえる。
やっぱりフランツの愛《あい》は真実《しんじつ》じゃないんだわ。
ばっ
バシッ
あーそうかい。
いつまでもそうやってやきもち焼《や》いてればいいよ。
婚約《こんやく》は解消《かいしょう》よ！！

くるっ
……わからずや!!
お祭《まつ》りの日《ひ》に式《しき》を挙《あ》げられると思《おも》ったのに……。
元気出《げんきだ》してスワニルダ。
あんなの本気《ほんき》じゃないわ。
そーよそーよ
あしたになったらわすれてるわ
カチャッ
ギィィィ……
出《で》たな、よぼよぼじじい!
うおっ
ドン
ポロッ
ギャーギャー
?博士《はかせ》が何《なに》か落《お》としたわ。

博士《はかせ》の家《いえ》のかぎね。
大変《たいへん》。届《とど》けてあげましょ。
………。
ねぇ。博士《はかせ》の家《いえ》にしのびこんでみない？
ええっ？本気《ほんき》？
きっと博士《はかせ》はしばらく帰《かえ》ってこないわ。あのおじょうさんにごあいさつするだけよ。
だって……どんな人《ひと》か気《き》になるもの。

第《だい》2章《しょう》 少女《しょうじょ》の秘密《ひみつ》

コッペリウスの暗《くら》い家《いえ》

スワニルダと友人《ゆうじん》たちは、コッペリウス博士《はかせ》の家《いえ》のほうへ近《ちか》づいていった。

「やっぱりやめましょうよ。博士《はかせ》が帰《かえ》ってきたらどうするの？」

こわがりのアンナが言《い》った。

「ちょっとのぞいてみるだけよ。コッペリウス博士《はかせ》の家《いえ》の中《なか》には、だれも入《はい》ったことがないのよ。こんなチャンス、二度《にど》とないかもしれないじゃない。」

スワニルダは、フランツが目《め》の色《いろ》を変《か》えていた少女《しょうじょ》が一体《いったい》どんなむすめなのか、確《たし》かめなければ気《き》がすまなかった。

一《ひと》つ年下《としした》のジュリアが、背中《せなか》を丸《まる》めて言《い》った。

「なんだか、お化《ば》け屋《や》しきに入《はい》るみたい。ママが言《い》ってたわ、博士《はかせ》は昼《ひる》でも窓《まど》を閉《し》め切《き》って、うす暗《ぐら》い部屋《へや》の中《なか》でまじゅつを試《ため》しているのにちがいないから、絶対《ぜったい》に近《ちか》づいちゃいけないって。」

二人《ふたり》の言葉《ことば》を受《う》け流《なが》すように、好奇心《こうきしん》おう盛《せい》なモニカが言《い》った。

「でもスワニルダの言《い》うとおり、こんなチャンスめったにないわよ。きっと町《まち》のみんなも、この中《なか》で一体何《いったいなに》が行《おこな》われているのか、知《し》りたがるわ。」

モニカの言葉《ことば》を聞《き》いて、アンナとジュリアは顔《かお》を見《み》合《あ》わせた。

スワニルダは、コッペリウスの家《いえ》のドアに近《ちか》づき、拾《ひろ》ったばかりのかぎをかぎ穴《あな》に差《さ》しこんだ。

カチャリ、とかぎの開《あ》く音《おと》がする。

「みんな、かくごはできた？」

スワニルダはげん関《かん》のとびらをゆっくり開《あ》けると、友人《ゆうじん》たちのほうをふり向《む》き、小声《こごえ》で言《い》った。

「さ、行《い》くわよ！」

少女《しょうじょ》たちは顔《かお》を見合《みあ》わせ、意《い》を決《けっ》したようにうなずいて、部屋《へや》の中《なか》に入《はい》っていった。

室内《しつない》はうす暗《ぐら》く、本《ほん》や大《おお》きなトランク型《がた》の収納具《しゅうのうぐ》などが置《お》かれているのが見《み》えた。

少女《しょうじょ》たちは、息《いき》をひそめて進《すす》んでいった。室内《しつない》にただよう薬品《やくひん》のようなにおいと、歩《ある》くたびにギィッときしむ床《ゆか》の音《おと》が、不気味《ぶきみ》さを際立《きわだ》たせた。

スワニルダは、家《いえ》の中《なか》にいるはずの人物《じんぶつ》を思《おも》いうかべて呼《よ》びかけた。

「こんにちは！　どなたかいらっしゃるんでしょ？」

返事《へんじ》はなく、室内《しつない》は静《しず》まり返《かえ》っている。

「一階《いっかい》にはいないのかしら。」

モニカが言《い》った。四人《よにん》は居間《いま》へ入《はい》っていったが、暗《くら》くて足元《あしもと》もよく見《み》えない。

「もうこの辺《へん》で引《ひ》き返《かえ》しましょうよ。明《あ》かりもないし……。」

不安《ふあん》そうな声《こえ》で言《い》うアンナに、スワニルダが答《こた》えた。

「暗《くら》いけど、なんとか見《み》えるわよ。よーく目《め》をこらして、足元《あしもと》に気《き》をつけて……。」

しかし、居間《いま》を出《で》たそのとき――。

「きゃあっ！」

ジュリアが悲鳴《ひめい》を上《あ》げた。

「どうしたの!?」

「あそこ、だれか……いるわ……。」

ジュリアが指《ゆび》さしたほうをよく見《み》ると、頭《あたま》に
ターバンを巻《ま》いたインド人《じん》のような姿《すがた》の人形《にんぎょう》が立《た》っていた。

「ジュリアったら、おどかさないで。ただの人形《にんぎょう》じゃないの。」

スワニルダは、激《はげ》しく鳴《な》る心臓《しんぞう》をおさえながら言《い》った。

部屋《へや》のおくに、二階《にかい》へ続《つづ》く階段《かいだん》が見《み》えた。少女《しょうじょ》たちは気《き》を取《と》り直《なお》し、二階《にかい》への階《かい》段《だん》を上《のぼ》っていった。階段《かいだん》わきのかべには、人間《にんげん》の腕《うで》をかたどったオブジェや、へびの形《かたち》をしたかざりなどがいくつもかけられている。スワニルダも、次第《しだい》にこわくなってきた。

階段《かいだん》を上《のぼ》りきると広《ひろ》い部屋《へや》に出《で》た。オレンジ色《いろ》のうす暗《ぐら》いランプが、あやしげに室内《しつない》を照《て》らしている。

「ここは……工《こう》ぼうかしら。」

室内《しつない》には、作業台《さぎょうだい》らしき机《つくえ》といす、本《ほん》だなやミシンが置《お》かれていた。机《つくえ》の上《うえ》にはかなづちやきり、のみなどの工具《こうぐ》が置《お》かれ、床《ゆか》には布《ぬの》の切《き》れはしや本《ほん》が散乱《さんらん》している。モニカが、興奮気味《こうふんぎみ》にかべを指《ゆび》さした。

「み、見《み》て！　あれ……!!」

そこには人《ひと》の手《て》や足《あし》、頭部《とうぶ》のようなものがいくつもぶら下《さ》がっていた。よく見《み》ると人形《にんぎょう》の部品《ぶひん》のようだったが、まるで本物《ほんもの》のように精《せい》こうにつくられていた。

「ぶ……不気味《ぶきみ》すぎるわ。」

ジュリアは声《こえ》をふるわせて言《い》った。

「ねぇ、もうもどりましょうよ。」

アンナは、今《いま》にも泣《な》き出《だ》しそうだ。

「もう少《すこ》しよ。もう少《すこ》しできっと、この家《いえ》の秘密《ひみつ》がわかるわ。」

スワニルダは意地《いじ》になって言《い》い、さらにおくへと進《すす》んでいった。

しかし、おくに行《い》くにつれ、不気味《ぶきみ》さはさらに増《ま》していった。

「これ、本物《ほんもの》……じゃないわよね？」

モニカが見《み》たのは、いくつもの人形《にんぎょう》たちだった。たいこを持《も》った東洋人《とうようじん》や、シンバルを持《も》ったサル。何《なに》もかざり付《つ》けられていない人形《にんぎょう》の原形《げんけい》のようなものもあった。

＊道化師《どうけし》……こっけいな芸《げいえん》を演《えん》じる人《ひと》。

ほかにも白馬《はくば》に乗《の》った騎士《きし》、ペルシャ風《ふう》の衣装《いしょう》を着《き》た白《しろ》いひげの老人《ろうじん》や、槍《やり》を構《かま》えたアフリカ人《じん》、*道化師《どうけし》、せんすを持《も》った踊《おど》り子《こ》など、さまざまな人形《にんぎょう》が並《なら》んでいた。

一刻《いっこく》も早《はや》く立《た》ち去《さ》りたいアンナは、スワニルダの気《き》がすすめばここから出《で》られると思《おも》い、言《い》った。

「バルコニーにいた人《ひと》はどこにいるの？早《はや》く探《さが》しましょうよ。」

少女《しょうじょ》の正体《しょうたい》

人形《にんぎょう》たちをながめていたスワニルダは、アンナの言葉《ことば》で我《われ》に返《かえ》り、工《こう》ぼうのおくに向《む》き直《なお》った。

「あの人《ひと》がいたバルコニーは、このおくね。」

友人《ゆうじん》たちがうなずき、スワニルダはそちらに歩《ある》いていった。本《ほん》だなの向《む》こうに、バルコニーのとびらがあった。スワニルダはとびらの外《そと》を見《み》てみたが、だれもいない。ふととびらの右手《みぎて》を見《み》ると、本《ほん》だなとかべの間《あいだ》にカーテンが引《ひ》かれていた。カーテンをめくったスワニルダは、探《さが》していた少女《しょうじょ》の姿《すがた》をそこに見《み》つけた。

「こんなところにいたのね。」

少女《しょうじょ》はカーテンでかくされたせまい空間《くうかん》で、数時間前《すうじかんまえ》に見《み》たのと同《おな》じようにいすに腰《こし》かけ、広《ひろ》げた本《ほん》を見《み》つめていた。

「こんな暗《くら》いところで本《ほん》を読《よ》んでいたら、目《め》が悪《わる》くなってしまうわよ。」

少女《しょうじょ》は、スワニルダの言葉《ことば》に少《すこ》しも反応《はんのう》しない。

「ねむっているの……？」

しかし、ひとみは開《ひら》いている。スワニルダは首《くび》をかしげて少女《しょうじょ》に近《ちか》づき、ねむっているのなら起《お》こそうと、軽《かる》く肩《かた》にふれた。

そして――「あっ！」と、スワニルダは声《こえ》を上《あ》げた。少女《しょうじょ》の白《しろ》いはだは固《かた》く、そして冷《つめ》たかった。

「そういうことだったのね……！」

スワニルダはあとずさりしながら、次第《しだい》に笑《わら》いはじめた。

「そういうことって、どういうこと？」

友人《ゆうじん》たちはスワニルダのほうに近《ちか》づき、座《すわ》っている美《うつく》しい少女《しょうじょ》の腕《うで》やほおに、確《たし》かめるようにふれた。そして、スワニルダの言《い》った言《こと》葉《ば》の意味《いみ》を理解《りかい》した。

「この子《こ》、人形《にんぎょう》だったのね……!!」

友人《ゆうじん》たちはおどろき、そして笑《わら》い出《だ》した。美《うつく》しい少女《しょうじょ》は、ゼンマイを回《まわ》すことで動《うご》く機械《きかい》じかけの人形《にんぎょう》だったのだ。

スワニルダは笑《わら》いが止《と》まらなかった。

「フランツったら、人形《にんぎょう》に恋《こい》してたなんて。このことを知《し》ったら、どんな反応《はんのう》をするかしら！　早《はや》く知《し》らせてやりたいわ！」

恋《こい》のライバルが人形《にんぎょう》だったことを知《し》って、スワニルダの胸《むね》の中《なか》から、しっとやいかりの感情《かんじょう》はすっかり消《き》え去《さ》っていた。

「それにしても、よくできてるわね！　はだの色《いろ》も、ひとみも、かみの毛《け》も、まつ毛《げ》の一本一本《いっぽんいっぽん》まで、まるで本物《ほんもの》の人間《にんげん》みたい。」

モニカがそう言《い》うと、ジュリアがふと、不思議《ふしぎ》そうに言《い》った。

「ねえ。この子《こ》、どことなくスワニルダに似《に》てない？」

アンナとモニカはそれを聞《き》いて、確《たし》かに、と言《い》うように首《くび》を縦《たて》にふった。

「本当《ほんとう》ね。なんだかちょっと似《に》ているわ。」

「フランツが夢中《むちゅう》になっていたのも、案外《あんがい》そういうことだったんじゃない？」

「コッペリウス博士《はかせ》って、ひょっとしてこの子《こ》をスワニルダに似《に》せてつくったんじゃないかしら。実《じつ》はこっそり、スワニルダに恋心《こいごころ》を寄《よ》せていたりして……。」

友人《ゆうじん》たちは、にやにやしながらスワニルダの顔《かお》を見《み》た。

「もう！　みんな、じょうだんはやめてよ！」

スワニルダはおこって、友人《ゆうじん》たちを追《お》いかけ回《まわ》した。女《おんな》の子《こ》たちは笑《わら》いながら走《はし》り回《まわ》った。大笑《おおわら》いしたおかげで、こわい気持《きも》ちもふき飛《と》んでしまっていた。

走《はし》ったひょうしに、だれかのスカートのすそが中国人人形《ちゅうごくじんにんぎょう》のゼンマイにふれ、人《にん》

形《ぎょう》の持《も》ったたいこがドンと音《おと》を立《た》てた。

少女《しょうじょ》たちはいっしゅんおどろいたが、すぐに慣《な》れて面白《おもしろ》がり、今度《こんど》はわざと人形《にんぎょう》にたいこをたたかせた。ジュリアがすぐそばの道化師《どうけし》人形《にんぎょう》にふれると、道化師《どうけし》は軽《かろ》やかなハーモニーとともに、ハタキを指揮棒《しきぼう》のようにふった。音楽《おんがく》に合《あ》わせて、モニカが踊《おど》りだす。

楽《たの》しくなってきたスワニルダが言《い》った。

「ねぇ、いっそのこと、お人形《にんぎょう》をみんな動《うご》かしてみましょうよ。」

「いいわね！　やりましょう。」

スワニルダとモニカは、人形《にんぎょう》のゼンマイを次々《つぎつぎ》に回《まわ》していく。

「二人《ふたり》とも、調子《ちょうし》に乗《の》りすぎよ。」

ジュリアはそう言《い》いながらも、笑《わら》いをこらえきれないようすだ。

ゼンマイを巻《ま》かれた人形《にんぎょう》たちの、大《だい》えん会《かい》がはじまった。

サルはシンバルをジャーンと鳴《な》らし、白馬《はくば》の騎士《きし》は前後《ぜんご》にゆれながら剣《けん》をふり回《まわ》した。ペルシャの衣装《いしょう》の人形《にんぎょう》は、音楽《おんがく》に合《あ》わせて旗《はた》をふる。道化《どうけ》師《し》は上半身《じょうはんしん》を前《まえ》へ、横《よこ》へとたおしては起《お》き上《あ》がる。アフリカ人《じん》の人形《にんぎょう》は槍《やり》をふり回《まわ》しながら、そこらじゅうを歩《ある》き回《まわ》った。スワニルダとモニカは大《おお》笑《わら》いしながら、おどけて踊《おど》っている。

そこへとつ然《ぜん》——さけび声《ごえ》がひびきわたった。

「おまえたち、何《なに》をしている!!」

帰《かえ》ってきたコッペリウス

声《こえ》のしたほうを見《み》ると、階段《かいだん》を上《あ》がってきたコッペリウスが、工《こう》ぼうのありさまを見《み》てわなわなとふるえながら立《た》っていた。

「みんな、にげるのよ！」

モニカがさけんだ。少女《しょうじょ》たちはあわてて、階段《かいだん》のほうへ走《はし》っていく。

「待《ま》て、このいたずら者《もの》ども!!　よくもわたしのかわいい人形《にんぎょう》たちを……!!」

コッペリウスはいかりで顔《かお》を真《ま》っ赤《か》にし、つえをふりかざして追《お》いかけてくる。

「きゃー！　ごめんなさい!!」

少女《しょうじょ》たちはさけびながら、コッペリウスからにげ回《まわ》った。老人《ろうじん》のにぶい動《うご》きをかわして、床《ゆか》にたおれた人形《にんぎょう》につまずきながらも、階段《かいだん》をかけ下《お》りていった。

「ああ、なんてことを……。」

コッペリウスは、たおれた人形《にんぎょう》たちに手《て》をのばした。少女《しょうじょ》たちは、あっという間《ま》に家《いえ》の外《そと》へかけ出《だ》していったようだった。

ところが、工《こう》ぼうのおくにいたスワニルダだけは、階段《かいだん》のほうへ走《はし》りぬけるタイミングをのがしてしまった。スワニルダは、人形《にんぎょう》の少女《しょうじょ》のうしろにかくれていた。

(どうしよう……見《み》つかったらただじゃすまないわ。)

コッペリウスはスワニルダがかくれていることに気《き》づかず、ひとり言《ごと》を言《い》いながら人形《にんぎょう》たちのゼンマイを止《と》め、一《ひと》つ一《ひと》つ元《もと》の位置《いち》にもどしている。

(なんとか、ここからにげなくちゃ……。)

本《ほん》だなの向《む》こうで、コッペリウスが人形《にんぎょう》を片《かた》づけ終《お》えたらしく、室内《しつない》が静《しず》かになった。そして、スワニルダのいる小部屋《こべや》のほうへ近《ちか》づいてくる足音《あしおと》が聞《き》こえた。

スワニルダは、心《こころ》の中《なか》で強《つよ》くいのった。

(気《き》づかれませんように……!!)

足音《あしおと》は、スワニルダのすぐそばで止《と》まった。スワニルダはゴクンと息《いき》をのんだ。

　コッペリウスのしわがれた手《て》がスッとのびてきて、スワニルダは「見《み》つかった」と思《おも》った。しかし、コッペリウスの手《て》は人形《にんぎょう》の少女《しょうじょ》をだき上《あ》げてもどっていった。

「わたしのかわいいコッペリア。こわい思《おも》いをさせて、すまなかったね。」

　コッペリウスは、コッペリアと呼《よ》んだ人形《にんぎょう》の少女《しょうじょ》に優《やさ》しく声《こえ》をかけた。そして顔《かお》や腕《うで》などが傷《きず》ついていないか、ていねいに調《しら》べた。悪《わる》いところがないのを確《たし》かめると、博士《はかせ》はコッペリアのほおをなでた。

「わたしの大切《たいせつ》なむすめ、コッペリアや。」

スワニルダは、いつものいんきなコッペリウスからは想像《そうぞう》もつかないような、優《やさ》しい声《こえ》におどろいた。しかし、小《ちい》さないすのうしろで息《いき》を殺《ころ》し続《つづ》けていることはこれ以上《いじょう》できそうもなく、きん張《ちょう》ではちきれそうだった。

（ああ、見《み》つかってしまう……。）

そのときだった。

「ゴンッ！」

バルコニーの横《よこ》の窓《まど》のほうで、何《なに》かがぶつかったような音《おと》が聞《き》こえた。

「ん？」

コッペリウスはいぶかしげにふり向《む》いた。そして、コッペリアをいすにもどしてカーテンを閉《し》め、窓《まど》のほうへ近《ちか》づいていった。コッペリウスは窓《まど》の横《よこ》に立《た》ち、ようすをうかがっている。スワニルダはこのすきににげるしかないと思《おも》い、カーテンのすき間《ま》から身《み》を乗《の》り出《だ》した。

しかし、スワニルダは飛《と》び出《だ》していくことができなかった。窓《まど》が開《ひら》き、そこにかけられたはしごを上《のぼ》ってひょっこりと顔《かお》をのぞかせたのは、なんとフランツだったのだ。

しんにゅう者《しゃ》フランツ

フランツが窓《まど》から室内《しつない》に入《はい》ると、目《め》の前《まえ》にコッペリウスが立《た》っていた。コッペリウスはふるえながら言《い》った。

「な、なんだおまえは。なぜこんなところから……。」

入《はい》ってすぐ家主《やぬし》が待《ま》ち構《かま》えているとは思《おも》わなかったフランツは、すっかりうろたえてしまった。

「あ、いや、その……。」

「ぬ、ぬすみにでも入《はい》るつもりだったのか。この、どろぼう！」

「いや、ちがうんです。ぼく、この家《いえ》のおじょうさんに一目《ひとめ》お会《あ》いしたくて……。」

コッペリウスはそれを聞《き》くと、少《すこ》しの間《あいだ》だまっていたが、とつ然《ぜん》、笑《え》みをうかべて言《い》った。

「コッペリアのことか。そうか、きみは、むすめの美《うつく》しさに気《き》づいてくれたのか。」

「ええ、とても美《うつく》しいおじょうさんだと……。」

「そうか、そうか。とにかく話《はなし》を聞《き》こうじゃないか。わたしは、村《むら》の連中《れんちゅう》が言《い》うほどおかしな人間《にんげん》じゃあないんだよ。さあ、中《なか》に入《はい》って。」

急《きゅう》にきげんが良《よ》くなったコッペリウスを見《み》てフランツは不思議《ふしぎ》に思《おも》ったが、さして気《き》にも止《と》めず、すすめられるまま作業机《さぎょうづくえ》のいすに座《すわ》った。

カーテンのかげからようすを見《み》ていたスワニルダは、まさかフランツがここまでするとは思《おも》わず、またしても腹《はら》が立《た》ってきた。

(フランツったら、こんなことまでしてあの子《こ》に会《あ》いたいなんて、信《しん》じられないわ。あの子《こ》の正体《しょうたい》が人形《にんぎょう》だってことも知《し》らないで、本当《ほんとう》にバカなんだから!!)

スワニルダが物《もの》かげでいかりに身《み》をふるわせていることなどつゆ知《し》らず、フランツはコッペリウスのもてなしを受《う》けていた。

「少《すこ》し待《ま》っていなさい。手《て》に入《い》れたばかりの、上物《じょうもの》のワインがあるんだよ。ぜひき

みにそれを飲《の》んでもらいながら、むすめのことを話《はな》そうじゃないか。」

コッペリウスはそう言《い》って、たなからワイングラスを取《と》り出《だ》し、赤《あか》いワインをグラスにとぷとぷと注《そそ》いだ。

「さあ、遠《えん》りょしないで飲《の》みたまえ。」

「そうですか……。じゃ、遠《えん》りょなくいただきます。」

フランツはコッペリウスからワイングラスを受《う》け取《と》ると、一気《いっき》に飲《の》み干《ほ》した。

「おお、すばらしい飲《の》みっぷりだ。さ、もう一《いっ》ぱい。」

フランツはすっかり気持《きも》ち良《よ》くなって、注《そそ》がれるままにワインを飲《の》んだ。

(フランツったら、少《すこ》しは疑《うたが》いなさいよ！　毒《どく》でも入《はい》ってたらどうするのよ……！)

すっかりほろよいになったフランツに、コッペリウスがたずねた。

「ところできみは、むすめの一体《いったい》どこを気《き》に入《い》ってくれたんだね？」

「ええ。まぁ、その、バルコニーで、本《ほん》を読《よ》んでいるおじょうさんの姿《すがた》が、とても美《うつく》しかったので……。」

フランツは、頭《あたま》をゆらゆらさせながら答《こた》えた。

「そうかい、そうかい。それじゃ、結婚《けっこん》したいと思《おも》ってくれているのかい？」

「ええ、いや、まぁ、はい、そうですね。」

(なんですってぇぇ〜〜〜!!)

スワニルダは心《こころ》の中《なか》でさけんだ。コッペリウスはフランツのグラスが空《から》になるたびに、なみなみとワインを注《そそ》いでいく。

「いやあ、きみはまだ若《わか》いのに、深《ふか》い愛情《あいじょう》があるようだ。」

「もちろんれすとも。愛情《あいじょう》の深《ふか》さにかけては、だれにも負《ま》けません！」

フランツは、いすから立《た》ち上《あ》がった。しかしそのとたん、足《あし》がふらつき、持《も》っていたグラスを落《お》として、作業机《さぎょうづくえ》にバッタリとたおれこんでしまった。

スワニルダは思《おも》わず声《こえ》を上《あ》げそうになり、飲《の》みこんだ。それと同時《どうじ》に、コッペリウスが不敵《ふてき》に笑《わら》いだした。

「ようやくねむったか。ねむり薬《ぐすり》入《い》りのワインとも知《し》らずに、バカなやつめ。」

コッペリウスは本《ほん》だなに向《む》かい、一冊《いっさつ》の本《ほん》を取《と》り出《だ》した。

スワニルダは思《おも》った。博士《はかせ》は何《なに》か、とんでもないことをたくらんでいる――。

（フランツが危《あぶ》ないわ。助《たす》けなきゃ……!!）

スワニルダは、友人《ゆうじん》たちの言《い》っていたことを思《おも》い出《だ》した。コッペリウスがコッペリアと呼《よ》ぶ少女《しょうじょ》の人形《にんぎょう》は、自分《じぶん》に似《に》ている――。スワニルダは、コッペリウスに気《き》づかれないように、コッペリア人形《にんぎょう》を自分《じぶん》のほうへ引《ひ》き寄《よ》せた。そして、コッペリアのドレスやかみかざり、くつ、身《み》に着《つ》けているものをすべてはぎ取《と》った。

人形《にんぎょう》に命《いのち》が宿《やど》るとき

コッペリウスは本《ほん》のページをめくりながら、机《つくえ》にたおれているフランツに近《ちか》づいていった。気《き》を失《うしな》っているフランツの体《からだ》を起《お》こし、いすの背《せ》にもたれさせ、なわでいすにしばりつけた。

「ついに、計画《けいかく》を実行《じっこう》に移《うつ》すときが来《き》た。」

博士《はかせ》はうれしそうに笑《わら》い、コッペリア（とスワニルダ）のいる小部屋《こべや》のカーテンを開《あ》けた。

コッペリウスはコッペリアの座《すわ》るいすを、コッペリアごと持《も》ち上《あ》げた。

「ふん！　いや、こりゃ重《おも》たいな。こんなに重《おも》たかったかな。よっこらしょ。」

よろよろとコッペリアを運《はこ》ぶと、机《つくえ》をはさんでフランツの向《む》かいに置《お》いた。

「わたしのかわいいコッペリアよ。この男《おとこ》の命《いのち》を使《つか》って、今《いま》こそおまえを生《い》きた人《にん》間《げん》にしてやろう……！」

コッペリウスは、フランツの額《ひたい》に両手《りょうて》を近《ちか》づけ、ぶつぶつと呪文《じゅもん》を唱《とな》えた。そして、次《つぎ》にコッペリアの額《ひたい》に手《て》を近《ちか》づけ、再《ふたた》び呪文《じゅもん》を唱《とな》えた。コッペリウスはそれを五回《ごかい》くり返《かえ》し、最後《さいご》に二人《ふたり》の間《あいだ》に立《た》ってもう一度《いちど》呪文《じゅもん》を唱《とな》えると、両手《りょうて》を強《つよ》くたたいた。

次《つぎ》のしゅんかん――、コッペリアがぎこちなく立《た》ち上《あ》がった。両手《りょうて》に持《も》っていた本《ほん》が、足元《あしもと》にバサリと落《お》ちた。

「立《た》った！　立《た》ったぞ……！」

コッペリウスは身《み》ぶるいした。ゼンマイも巻《ま》いていないのに、コッペリアが動《うご》いたのだ。

「すばらしい！　おお、コッペリア！　もっと動《うご》いて見《み》せてくれ！」

コッペリウスは、両手《りょうて》に力《ちから》をこめて言《い》った。

コッペリアは、まるであやつり人形《にんぎょう》のように、カクカクと動《うご》いた。首《くび》が左《さ》右《ゆう》に動《うご》いてはもどり、両手《りょうて》が上下《じょうげ》に動《うご》いてはもどる。

コッペリウスが言《い》った。

「コッペリア、おまえは歩《ある》けるのだろう？　さあ、歩《ある》いてみておくれ！」

重《おも》い棒《ぼう》きれを運《はこ》ぶかのように一歩《いっぽ》、二歩《にほ》と、コッペリアの足《あし》がぎこちなく動《うご》く。

「信《しん》じられない。歩《ある》いたぞ！　ついにやった！　コッペリアに、命《いのち》が宿《やど》った！」

コッペリウスは大声《おおごえ》でさけび、飛《と》びはねた。自分《じぶん》は、これまでだれも成《な》しとげたことのないいきせきを起《お》こしたのだ。機械人形《きかいにんぎょう》から生《い》きた人間《にんげん》をつくり出《だ》したのだと、目《め》の前《まえ》の出来事《できごと》に大喜《おおよろこ》びしていた。

「そうだ。呪文《じゅもん》でもっと、人間《にんげん》らしい動《うご》きに……。」

コッペリウスは本《ほん》のページをめくり、さらに呪文《じゅもん》を調《しら》べた。

「移《うつ》しかえた命《いのち》の力《ちから》を、より強《つよ》く引《ひ》き出《だ》す呪文《じゅもん》……。これだな。」

コッペリウスは新《あら》たな呪文《じゅもん》を、コッペリアに向《む》かって唱《とな》えた。

するとコッペリアの首《くび》や手《て》、足《あし》の動《うご》きが、少《すこ》しずつなめらかになっていった。ステップをふんだり、くるりと回《まわ》る動《うご》きも見《み》せた。

「歩《ある》き方《かた》も足取《あしど》りも、これほどまでになめらかとは。まさにきせきだ。いや、わたしの発明《はつめい》がついに完成《かんせい》したのだ！　ひとみも、見《み》ちがえるほどかがやいている。そうだ、おまえも自分《じぶん》の姿《すがた》を見《み》てみたいだろう。」

コッペリウスは、手鏡《てかがみ》を取《と》りにとなりの部屋《へや》へと走《はし》っていった。

そのとき、コッペリアがいすにしばられたフランツにかけ寄《よ》り、フランツの体《からだ》をゆさぶった。そして、フランツに呼《よ》びかけた。

「フランツ！　フランツ！　目《め》を覚《さ》ましてよ!!」

コッペリアが命《いのち》を得《え》たように見《み》えたのは、実《じつ》はスワニルダがコッペリアの服《ふく》を着《き》て、人形《にんぎょう》になりすましていただけだったのだ。

スワニルダの奮《ふん》とう

スワニルダの呼《よ》びかけもむなしく、フランツは鼻《はな》いびきを鳴《な》らしてねむっている。

コッペリウスが手鏡《てかがみ》を持《も》ってもどってくると、スワニルダはフランツからはなれ、何事《なにごと》もなかったかのようにふるまった。

「ほうら、コッペリア。自分《じぶん》の姿《すがた》を見《み》てごらん。」

コッペリウスが手鏡《てかがみ》をわたすと、コッペリア（本当《ほんとう》はスワニルダなのだが）は、自分《じぶん》の姿《すがた》を鏡《かがみ》に映《うつ》してくるりと回《まわ》った。スワニルダは、さも人形《にんぎょう》が命《いのち》を得《え》たように見《み》えるよう、注意深《ちゅういぶか》く演技《えんぎ》をしている。

コッペリウスはコッペリアの動《うご》きの一《ひと》つ一《ひと》つに感動《かんどう》し、顔《かお》をほころばせた。

「コッペリア。おまえ、声《こえ》も出《だ》せるのかい。呼《よ》んでみてくれないか、博士《はかせ》、と。」

「博士《はかせ》。」

コッペリウスはもう、喜《よろこ》びがあふれて止《と》まらない。自分《じぶん》に向《む》けて発《はっ》せられたコッペリアの声《こえ》を聞《き》いて、感動《かんどう》に打《う》ちふるえている。コッペリウスは、思《おも》わずコッペリアにだきつこうとした。

しかしコッペリアは身《み》をひるがえしてコッペリウスの腕《うで》からぬけ出《だ》し、作業机《さぎょうづくえ》に手《て》をついた。そして、机《つくえ》に置《お》かれたワインボトルを見《み》ると、それをつかみ、くちびるに近《ちか》づけた。

「わたし、のどがかわいたわ。これ、飲《の》んでいい？」

コッペリウスがあわててかけ寄《よ》り、ボトルを取《と》り上《あ》げた。

「これはダメだ、飲《の》んじゃいけない。」

「どうして？」

「ええと、これは……おまえの体《からだ》に良《よ》くないんだ。」

コッペリウスの言葉《ことば》に構《かま》うようすもなく、コッペリアは工《こう》ぼうの中《なか》を歩《ある》き回《まわ》り、人形《にんぎょう》たちを指《ゆび》さしながら言《い》った。

「これは何《なに》?」

「わたしがつくった人形《にんぎょう》たちだよ。よくできているだろう。」

コッペリアは興味深《きょうみぶか》そうに、人形《にんぎょう》たちに一《ひと》つ一《ひと》つふれた。

「わたしをつくったのも、博士《はかせ》なの?」

「そうだよ。おまえはわたしのつくった人形《にんぎょう》の中《なか》でも、最高《さいこう》の出来《でき》だ。いや、おまえはもう人形《にんぎょう》じゃない。人間《にんげん》だ。わたしは、人間《にんげん》をつくったんだ。」

コッペリアは人形《にんぎょう》たちに背《せ》を向《む》け、いすにしばられているフランツの前《まえ》に歩《ある》いていった。

「これも人形《にんぎょう》?」

「いや、それは……。」

コッペリアはフランツの顔《かお》を見《み》ると、コッペリウスのほうをふり返《かえ》って言《い》った。

「これ、動《うご》かしてちょうだい。」

コッペリアの言葉《ことば》に、コッペリウスはうろたえた。

「それは、だめなんだ。」

「どうして？　動《うご》かしてよ。」

コッペリアはフランツの体《からだ》をつかみ、ガクガクとゆさぶった。

コッペリウスはあわてて、コッペリアを制止《せいし》した。コッペリアはコッペリウスをつき飛《と》ばし、床《ゆか》をふみつけていかりをあらわにした。

うろたえたコッペリウスは、なんとかコッペリアの興味《きょうみ》をこの男《おとこ》からそらさなければと思《おも》い、かべに立《た》てかけていた人形《にんぎょう》を持《も》ち出《だ》した。

「ほら、これはスペインの人形《にんぎょう》だよ。このせんすを持《も》って、踊《おど》ってごらん。」

コッペリアはせんすを受《う》け取《と》ると、軽《かろ》やかに回《まわ》し、スペインの民族舞踊《みんぞくぶよう》・ボレロを踊《おど》って見《み》せた。

（フランツさえ起《お》きてくれれば、ここからにげられる。それまでコッペリアになり

きって、博士《はかせ》をごまかし続《つづ》けるしかないわ。)

そう思《おも》いながら、スワニルダはせんすを大《おお》きく広《ひろ》げて、せいいっぱい軽《かろ》やかに踊《おど》った。

コッペリウスはほっとしたようすで、今度《こんど》はスコットランド人形《にんぎょう》の肩《かた》かけを着《つ》けさせた。

(スコットランドの踊《おど》りって、ジーグってやつだっけ……?)

スワニルダはコミカルにステップをふみ、おどけた踊《おど》りをひろうした。

コッペリウスは手《て》をたたき、喜《よろこ》びにふるえてコッペリアの踊《おど》りを見《み》ている。

「ああ、おまえがわたしのために踊《おど》ってくれる日《ひ》が来《く》るなんて。」

コッペリアは踊《おど》りの合間《あいま》に、すきあらばフランツの体《からだ》にふれて起《お》こそうとしたが、いずれも失敗《しっぱい》に終《お》わった。

コッペリアは、作業机《さぎょうづくえ》の上《うえ》に開《ひら》いたままにしてある本《ほん》を指《ゆび》さし、コッペリウスにたずねた。

「この本《ほん》は何《なに》？　何《なに》が書《か》いてあるの？」

コッペリウスは、ためらいながら答《こた》えた。

「ああ、これは……。おまえは知《し》らなくてもいいことだよ。」

コッペリアはそれを聞《き》くと、にっこりと笑《わら》って言《い》った。

「わたしは知《し》らなくていいの？　じゃあ、いらないわね。」

コッペリアは、本《ほん》をビリビリと引《ひ》きさいた。

「ああ、何《なに》を……！　こら、やめなさい！」

コッペリウスはあわてて止《と》めたが、コッペリアは構《かま》わずすべて破《やぶ》り捨《す》ててしまった。コッペリウスはがっくりとひざをついた。

（人形《にんぎょう》たちを動《うご》かして大《おお》きな音《おと》を立《た》てれば、フランツが起《お》きるかも……！）

スワニルダは走《はし》り出《だ》し、部屋中《へやじゅう》の人形《にんぎょう》を動《うご》かして回《まわ》った。

「や、やめなさい！　こら、コッペリア！」

コッペリウスが追《お》いかけるが、スワニルダふんするコッペリアは、飛《と》びはねてにげ回《まわ》る。走《はし》りながらコッペリアは、騎士人形《きしにんぎょう》が持《も》っていた剣《けん》を引《ひ》きぬいた。

「やめなさい、危《あぶ》ない！」

博士《はかせ》がさけんだ。コッペリアは剣《けん》をふり回《まわ》し、道化師人形《どうけしにんぎょう》にグサッとつきさした。人形《にんぎょう》から剣《けん》を引《ひ》きぬくと、今度《こんど》はコッペリウスに向《む》かってふり上《あ》げた。コッペリウスが身構《みがま》えたそのとき、大《おお》きな音《おと》がひびいた。

ドドドドド、ガシャーン！

スワニルダが動《うご》かした人形《にんぎょう》のうちの一体《いったい》が、階段《かいだん》をすべり落《お》ちたのだった。

コッペリウスは、今《いま》にも泣《な》きそうな顔《かお》をしている。しかもその音《おと》で、フランツがとうとう目《め》を覚《さ》ました。

「う～ん。うるさいな……。」

工《こう》ぼうからのだっしゅつ

「フランツ、やっと起《お》きたのね！」

スワニルダはフランツにかけ寄《よ》り、いすにくくりつけられたなわをほどいた。目《め》をこすっているフランツが、スワニルダを見《み》て言《い》った。

「あ、あなたは、バルコニーにいたおじょうさん！」

「ちがうわ、わたしよ。スワニルダよ！」

フランツは、何《なに》を言《い》っているのかわからないというように目《め》を白黒《しろくろ》させた。

「あのね、フランツ。あなたがはしごを使《つか》ってまで会《あ》いに来《き》た女《おんな》の子《こ》は、人形《にんぎょう》だったのよ。わたし、その人形《にんぎょう》の衣装《いしょう》を着《き》て、博士《はかせ》をごまかそうと……。」

コッペリウスは、しのびこんできた青年《せいねん》にコッペリアが話《はな》しかけているのを見《み》て、何《なに》かがおかしいと思《おも》った。しかも、コッペリアに命《いのち》を移《うつ》したはずの青年《せいねん》は、ねぼけ眼《まなこ》でこちらを見《み》ている。

フランツはぼんやりする頭《あたま》を覚《さ》まそうと、右手《みぎて》で自分《じぶん》のほおをパンとたたいた。

「なんだかわからないけど……スワニルダなのか？」

「ええ、これを見《み》て。」

スワニルダはバルコニーの横《よこ》のカーテンを開《あ》け、服《ふく》をはぎ取《と》られたコッペリア人《にん》形《ぎょう》を見《み》せた。

コッペリウスはそのとき、すべてを理解《りかい》した。目《め》の前《まえ》で踊《おど》ったり走《はし》ったりしていた少女《しょうじょ》は、自分《じぶん》がつくった人形《にんぎょう》が命《いのち》を得《え》たのでもなんでもなく、留守《るす》の間《あいだ》に入《はい》ってきたむすめが、自分《じぶん》をあざむくためにやったことだったと——。

ふるえているコッペリウスに気《き》づいたスワニルダは、フランツの手《て》を取《と》って言《い》った。

「フランツ、にげるのよ!!」

「ええ!? 一体《いったい》、なんで……。」

「説明《せつめい》はあとよ。ほら、早《はや》く!」

コッペリウスのいかりは、ばく発寸前《はっすんぜん》だった。

「なんということを……許《ゆる》さんぞ、おまえたち……!!」

「ごめんなさーい！　フランツ、早《はや》くーー!!」

「おまえ、一体何《いったいなに》をしたんだよ……!!」

スワニルダとフランツは全力《ぜんりょく》で走《はし》り、さけび声《ごえ》をふりきって階段《かいだん》をかけ下《お》りた。

しんにゅう者《しゃ》たちがげん関《かん》から飛《と》び出《だ》していく音《おと》を聞《き》いて、コッペリウスは追《お》いかけてつかまえたい気持《きも》ちをおし留《とど》め、コッペリア人形《にんぎょう》のほうに向《む》き直《なお》った。そして、かわいそうに服《ふく》をぬがされたコッペリアの前《まえ》にひざまずいて、言《い》った。

「おまえが本当《ほんとう》に命《いのち》を得《え》て、動《うご》き出《だ》したのだと思《おも》ったのに。ああ、わたしのコッペリア……。」

コッペリウスはただかのコッペリア人形《にんぎょう》をかかえ、ぽろぽろと大《おお》つぶの涙《なみだ》をこぼした。

第《だい》3章《しょう》 新《あたら》しい鐘《かね》

結婚式《けっこんしき》

数日後《すうじつご》、村《むら》の広場《ひろば》に新《あたら》しい鐘《かね》がやってきた。

領主《りょうしゅ》から贈《おく》られた鐘《かね》が教会《きょうかい》の塔《とう》の上《うえ》に取《と》り付《つ》けられ、村人《むらびと》たちは喜《よろこ》びにわいた。

領主《りょうしゅ》や村長《そんちょう》もそれを見上《みあ》げて、村《むら》がますます豊《ゆた》かで平和《へいわ》であるようにいのった。


フランツとスワニルダは、婚礼《こんれい》の衣装《いしょう》に身《み》を包《つつ》み、教会《きょうかい》のひかえ室《しつ》で呼《よ》ばれるのを待《ま》っていた。白《しろ》い礼服《れいふく》を着《き》たフランツが、スワニルダに言《い》った。

「今日《きょう》この日《ひ》をむかえられて、本当《ほんとう》によかった。」

「本当《ほんとう》にね！　もうこの結婚《けっこん》はなかったことになるのかと本気《ほんき》で思《おも》ったわ。」

「本当《ほんとう》に悪《わる》かったよ。このとおり。」

フランツはスワニルダに向《む》かって、両手《りょうて》を合《あ》わせた。

スワニルダたちがコッペリウス博士《はかせ》の工《こう》ぼうをめちゃくちゃにしたあの日以来《ひいらい》、
コッペリウスは表《おもて》に顔《かお》を見《み》せていなかった。

スワニルダが、ひとり言《ごと》のように言《い》った。

「コッペリウス博士《はかせ》、出《で》てきてくれるかしら……。」

ひかえ室《しつ》のとびらをたたく音《おと》がして、スワニルダとフランツは教会《きょうかい》の外《そと》に出《で》て行《い》った。

「それでは、今日《きょう》をもって夫婦《ふうふ》となる若《わか》い恋人《こいびと》たちに、祝福《しゅくふく》を。」

領主《りょうしゅ》は約束《やくそく》どおり、結婚《けっこん》する恋人《こいびと》たちに祝《いわ》い金《きん》をわたしていった。スワニルダとフランツも、腕《うで》を組《く》んで領主《りょうしゅ》の前《まえ》に進《すす》んだ。

「二人《ふたり》ともおたがいを信《しん》じ、どんなときも助《たす》け合《あ》うように。」

「はい。ありがとうございます。」

そのとき、祝《いわ》う人々《ひとびと》の向《む》こうから、老人《ろうじん》の声《こえ》が聞《き》こえた。

「なんなんだ、おい、やめろ。わたしはもう、死《し》ぬまで家《いえ》の中《なか》で暮《く》らすと決《き》めたんだ。」

コッペリウスの悲《かな》しみ

声《こえ》の主《ぬし》は、あの日《ひ》から身《み》をかくしていたコッペリウスだった。アンナとジュリアとモニカが、コッペリウスを無理矢理《むりやり》ここ

まで連《つ》れてきたのだ。

「スワニルダ、きれいよ。おめでとう。」

花《はな》よめ衣装《いしょう》に身《み》を包《つつ》んだスワニルダを見《み》て、モニカが言《い》った。

「ありがとう、モニカ。アンナもジュリアも、ありがとう、博士《はかせ》を連《つ》れてきてくれて。」

「骨《ほね》が折《お》れたわー。」

ジュリアは、苦笑《くしょう》して言《い》った。

スワニルダがコッペリウスの前《まえ》に歩《あゆ》み出《で》て言《い》った。

「博士《はかせ》、この間《あいだ》は本当《ほんとう》にごめんなさい。わたし、フランツが人形《にんぎょう》のコッペリアにひかれているのを見《み》て、やきもちを焼《や》いてしまったんです。それで博士《はかせ》の家《いえ》に……。」

「そんな話《はなし》は聞《き》きたくない。わたしはもうだれにも会《あ》いたくないんだ。放《ほう》っといてくれ。」

アンナが、教会《きょうかい》のひかえ室《しつ》に用意《ようい》していた包《つつ》みを持《も》ってきた。スワニルダはそれを受《う》け取《と》り、コッペリウスに手《て》わたしながら言《い》った。

「これ、この間《あいだ》わたしが持《も》ち出《だ》してしまったコッペリアの服《ふく》です。それから、おわびのしるしにみんなで、コッペリアに服《ふく》を一着《いっちゃく》つくったの。本当《ほんとう》にごめんなさい。どうか受《う》け取《と》ってください。」

スワニルダに続《つづ》けて、モニカが言《い》った。

「博士《はかせ》のつくった人形《にんぎょう》たち、本当《ほんとう》によくできていたわ。コッペリアの人形《にんぎょう》には、すっかりだまされました。博士《はかせ》の腕《うで》はたいしたものだわ。」

コッペリウスは、スワニルダからコッペリアの服《ふく》が入《はい》った包《つつ》みを受《う》け取《と》りながら、少《すこ》しだまったのちにぽつりとつぶやいた。

「わたしがなぜこんな暮《く》らしをしているか、おまえさんたちにはわからんだろう。人形《にんぎょう》たちだけが、わたしの毎日《まいにち》をいろどってくれたんだ。服《ふく》はもらっておこう。だ

が、もうわたしに構《かま》わないでくれ。」

コッペリウスはくるりと向《む》きを変《か》え、来《き》た道《みち》をもどっていった。

婚礼《こんれい》のうたげ

スワニルダは、コッペリウスに申《もう》し訳《わけ》ない気持《きも》ちでいっぱいだった。コッペリウスがフランツにしたことも、許《ゆる》せることではないけれど、自分《じぶん》が軽《かる》い気持《きも》ちでしたいたずらで、コッペリウスの夢《ゆめ》や努力《どりょく》、大切《たいせつ》な想《おも》いを傷《きず》つけてしまったと思《おも》った。

領主《りょうしゅ》や村長《そんちょう》、村《むら》の人々《ひとびと》は、むすめたちと老人《ろうじん》の間《あいだ》に何《なに》があったのかわからなかったが、やり取《と》りを見守《みまも》っていた。

少《すこ》しして、楽団《がくだん》の一人《ひとり》がバイオリンを奏《かな》ではじめた。ほかの楽団員《がくだんいん》も、フルートやクラリネットで軽快《けいかい》な音楽《おんがく》を奏《かな》ではじめる。村人《むらびと》たちは手《て》に手《て》を取《と》り、恋人《こいびと》たちの結婚《けっこん》を祝《いわ》ってダンスを踊《おど》りはじめた。

領主《りょうしゅ》の合図《あいず》で、「平和《へいわ》の踊《おど》り」がはじまった。村《むら》のむすめたちの花《はな》のようなドレスが舞《ま》う。スワニルダとフランツも、力強《ちからづよ》くダンスを踊《おど》った。だれもが幸《しあわ》せを感《かん》じている中《なか》で、スワニルダは去《さ》っていったコッペリウスのことを思《おも》った。

すみわたった空《そら》に、音楽《おんがく》と人々《ひとびと》のにぎわう声《こえ》、新《あたら》しい鐘《かね》の音《ね》がひびきわたる。

博士《はかせ》はああ言《い》っていたが、ときどきは博士《はかせ》の家《いえ》の人形《にんぎょう》たちのようすを見《み》に行《い》くのもいいかもしれない。スワニルダはフランツの手《て》を取《と》り、ダンスに身《み》を任《まか》せながら、そう思《おも》った。

作品《さくひん》について知《し》ろう！

「コッペリア」の見《み》どころ

「コッペリア」では、ハンガリーのチャルダッシュやポーランドのマズルカなど、さまざまな国《くに》の民族《みんぞく》舞踊《ぶよう》が登場《とうじょう》します。この本《ほん》では短《みじか》くまとめてありますが、第《だい》３幕《まく》で踊《おど》られるさまざまな「祭《まつ》りの踊《おど》り」も、バレエの見《み》どころです。

舞台《ぶたい》によって異《こと》なる展開《てんかい》

コッペリアのお話《はなし》は、舞台《ぶたい》によって異《こと》なる筋書《すじが》きで上演《じょうえん》されています。舞台演出家《ぶたいえんしゅつか》の意図《いと》によってストーリーが異《こと》なり、それぞれの結末《けつまつ》を楽《たの》しむ作品《さくひん》になっています。

バレエ「コッペリア」について

原作《げんさく》について

「コッペリア」は、１９世紀《せいき》のドイツの作家《さっか》・ホフマンのホラー小説《しょうせつ》「砂男《すなおとこ》」を原案《げんあん》としてつくられました。フランスの台本作家《だいほんさっか》ニュイッテルが「砂男《すなおとこ》」を大《だい》たんに改変《かいへん》し、楽《たの》しい喜劇《きげき》としてバレエの台本《だいほん》にしました。

音楽《おんがく》について

「コッペリア」の音楽《おんがく》は、フランス・バレエ音楽《おんがく》の父《ちち》と言《い》われる、１９世紀《せいき》の音楽家《おんがくか》レオ・ドリーブにより作曲《さっきょく》されました。

バレエ初演《しょえん》について

ニュイッテルの台本《だいほん》にフランス人《じん》ふり付《つ》け師《し》のサン・レオンが踊《おど》りをふり付《つ》けてバレエ作品《さくひん》とし、１８７０年《ねん》、フランスのパリ・オペラ座《ざ》で初上演《はつじょうえん》されました。

＜参考文献《さんこうぶんけん》＞

・『バレエものがたり』神戸万知《こうべまち》訳《やく》、岩波少年文庫《いわなみしょうねんぶんこ》、2011年《ねん》

・ＤＶＤ『コッペリア』オーストラリアバレエ団《だん》、1990年公演《ねんこうえん》

トキメキ夢《ゆめ》文庫《ぶんこ》　刊行《かんこう》のことば

長《なが》く読《よ》み継《つ》がれてきた名作《めいさく》には、人生《じんせい》を豊《ゆた》かで楽《たの》しいものにしてくれるエッセンスがつまっています。でも、小学生《しょうがくせい》のみなさんには少《すこ》し難《むずか》しそうにみえるかもしれませんね。そんな作品《さくひん》をよりおもしろく、よりわかりやすくお届《とど》けするために、トキメキ夢文庫《ゆめぶんこ》をつくりました。日本《にほん》の新《あたら》しい文化《ぶんか》として根《ね》づきはじめている漫画《まんが》をとり入《い》れることで、名作《めいさく》を身近《みぢか》に親《した》しんでもらえるように工夫《くふう》しました。

ぜひ、登場人物《とうじょうじんぶつ》たちと一緒《いっしょ》になって、笑《わら》ったり、泣《な》いたり、感動《かんどう》したり、悩《なや》んだりしてみてください。そして、読書《どくしょ》ってこんなにおもしろいんだ！　と気《き》づいてもらえたら、とてもうれしく思《おも》います。

この本《ほん》を読《よ》んでくれたみなさんの毎日《まいにち》が、夢《ゆめ》いっぱいで、トキメキにあふれたものになることを願《ねが》っています。

２０１６年《ねん》７月《がつ》　新星出版社編集部《しんせいしゅっぱんしゃへんしゅうぶ》

＊今日では不適切と思われる表現が含まれている作品もありますが、時代背景や作品性を尊重し、そのままにしている場合があります。

＊原則として、小学六年生までの配当漢字を使用しています。語感を表現するために必要であると判断した場面では、中学校以上で学習する漢字・常用外漢字を使用していることもあります。

＊より正しい日本語の言語感覚を育んでもらいたいという思いから、漫画のセリフにも句読点を付加しています。

文＊水野久美
マンガ・絵＊YOUKO（ドン・キホーテ）
れん（ジゼル）
たはらひとえ（コッペリア）
写真協力＊新国立劇場バレエ団、株式会社アフロ、
チャコット株式会社、テス大阪・岡村昌夫
本文デザイン・ＤＴＰ＊（株）ダイアートプランニング（髙島光子、上山未紗）
装丁＊小口翔平＋喜來詩織（tobufune）
構成・編集＊株式会社スリーシーズン（荒川由里恵、伊藤佐知子）

トキメキ夢文庫
バレエ恋物語 ドン・キホーテ／ジゼル／コッペリア

2018年12月15日 初版発行
2020年 4 月 5 日 第 2 刷発行

編　　者　新星出版社編集部
発 行 者　富　永　靖　弘
印 刷 所　株式会社高山

発行所　東京都台東区 台東２丁目24　株式会社 新星出版社
〒110-0016 ☎03（3831）0743

ISBN978-4-405-07284-8